M　愛すべき人がいて

小松成美

幻冬舎文庫

M

愛すべき人がいて

事実に基づくフィクションである。

目次

序章　Mとの再会

朝、目が覚めると、空気が妙に静かで何もかもが止まっていた。その空気にすっぽりくるまった体からは、重力に抗う力が奪われている。

――ああ、今日はダメだな。海に行って、風を浴びて。それからじゃないと動けない。

時々こんな瞬間が訪れる。私を私として成り立たせるために、必要な力を注ぎ込んでくれる場所へ行かなくちゃ。乾いた細胞を瑞々しくさせ、背中をまっすぐにしてくれるところへ。

瞳を射貫くような太陽の光が降る昼間でも、ゆらゆらと動く波に頼りない月の明かりを探す夜でも、海の際に立って頬に風を受ければ、自分を取り戻すことができた。

福岡で暮らしていた少女時代から、私は海を見ていた。心が鎖で縛られたようになると、波間を吹き抜ける風の中に立って深く呼吸をし、その息苦しさを追い払う。

今にして思えば、あの頃の海は、私の数少ない話し相手だった。機嫌をうかがうこともなく、どんな言葉を投げかけようと、うんうん、と頷《うなず》くように揺れてそこにいてくれた。時には沖からの風がごうごうと私の言葉をかき消したけれど、私は何一つ気にしなかった。怒りや悲しみや、小さな喜びを声にすることが、自分をごまかさずに生きる術だったから。だから、話を終えた海に背を向ける時にはいつもこう言った。

今日も私を見て、私と向き合ってくれて、ありがとう。

まだ目の前がぼんやりとしている。ベッドサイドのテーブルに手を伸ばし、iPhoneをさぐりあてると、液晶画面を人差し指でタップする。

《都内から横浜経由、スタジオへ。お願い、海へ。三十分だけでいいから》

チーフマネージャーにLINEでそう告げると、すぐに電話が鳴った。

午前中には衣装合わせがあって、午後からはツアーのリハーサル。スタートまで一ヶ月、大詰めを迎え、スケジュールは分刻みだ。来月、十月十九日に初日を迎えるデビュー二十周年のツアーは、五ヶ月間。三十九公演に及ぶ。

鳴り続ける電話には出ず、もう一度タップ。

《分かってる。でも、お願い。十五分だけ》

その一行に、迎えの時間だけが記された返信が来る。

サンキュー。小さく言ってベッドから起き出すと慌ただしくシャワーを浴びた。日向の匂いのするオーガニックコットンのバスタオルで髪のしずくを拭いながら、ミネラルウォーターを飲み干すと、ようやくぼんやりとした視界が輪郭を持ってきた。

二十周年の集大成。そう心に期して挑むツアーまであと一ヶ月。またファンのみんなと会えることへの喜びと同じように、胸の奥に感じるようになった不安は、日一日と大きくなっていった。

過ぎていく時間の貴さを思いながら、少女から大人になった自分をどこかで持てあまし、突然、洞窟に放り込まれたような孤独を抱えている。

孤独だからこそ、私は求めた。遠い日、好きになったその人を。

その人の横顔は幻影となって、胸の奥にいつもあった。

切なさや寂しさや悲しみ、といった辞書に載るような言葉では示せない感情の塊を胸の奥に抱えながら、私はその人を、思い続けている。

二十年も前からずっと私の意識の中に存在して、私とともに歩んできた人を、私は自分から遠ざけた。そして、泣き叫びながら追い求め続けてきた。精悍《せいかん》なその人の瞳を、私はどんな時にも心に刻んでいた。

ステージに立つ歓喜と背中合わせにある恐れ。まばゆい照明のすぐ横にある仄暗い空間に怯《おび》える私は、本当の私を知っている海を見て、あの人との時間を取り戻していた。人知れずそんな時間を持たなければ、ステージの上に立つことができなかった。


自宅前に停車したアルファードのドアがスライドし、私は後部座席に滑り込んで手を合わせた。

「ごめんね、ありがとう」

車はすぐに発進した。助手席からマネージャーの声がする。

「海にいられるのは十五分ですよ。すぐに都内のスタジオに戻って、夜までリハーサル。その前には衣装合わせもありますから」

「うん、それで十分」

都心に向かう車の渋滞を右に見ながら、首都高を横浜へ走る。この道は私の小さな逃避行のコースだ。窓から見える光景がもたらす解放感に、デビューした頃の自分の姿が蘇る。

　何度この道を走ったことか。羽田空港のちらちらとした明かりの先にある朝焼けの空の色や、飛び立った飛行機の背景にある入道雲の形を、いくつも、はっきりと、覚えている。車の中で何度泣いたか知れない。けれど、今は、笑っているいくつかの場面が鮮明に思い出される。

　首都高の横浜公園ランプから三分ほど走り、国際客船ターミナルがある大さん橋に到着する。駐車場からエレベーターで一階に上がり、緩やかな坂になっているデッキを進むと、天然芝と船の甲板をイメージしたウッドデッキ仕上げの屋上に出る。

　秋の空は澄んで、陽の光が鮮やかさを増している。沖から吹く強い風に煽《あお》られ、波の先が白いしずくになってきらきらと輝く。

　海から吹き込む風が作るさざ波の輪郭が綺麗で、人を想う気持ちはその波のようだと思った。

　私はデッキの端で待っているマネージャーに手を上げて、車へ戻ることを伝えた。

　都内へ戻る車中で、ポケットのｉＰｈｏｎｅがぶるぶると震えた。取り出した画面に映る名前を見て、私は目を閉じる。

Ｍ

その人をＭと登録してから、もうすぐ二十年になる。

ｉＰｈｏｎｅを耳に当てると、少しぶっきらぼうな声がした。

「あゆ、おはよう。今日の衣装合わせ、俺も立ち合うよ」

「リハーサルも見られるの？」

私の問いかけに、彼は短く答える。

「うん、見るよ。最後まで」

じゃあ、後でね、と言ってｉＰｈｏｎｅをポケットに戻すと、ある光景が目の前に浮かんだ。

二年前の年末、一人に戻ってマリブにある家を引き払った。年が明けるとすぐ日本へ戻ってきた私を、Ｍは空港のゲートで待っていた。彼の姿が見えた時、私はその場に立ち尽くした。Ｍは、マサの頭文字。マサは、私の愛した人。

「どうしたの？　マサがなぜここへ？」

この世界で俺をマサと呼ぶのはお前だけだよ、と昔よく言っていた彼の横顔が蘇る。

動かない私に向かって、彼は右手をまっすぐに伸ばした。

「行こう」

その手に引っ張られた私の前でくるりと背を向けた彼は、誰かに電話をかけていた。

肩でひとつ息をついた私にマサが振り返る。

「迎えに来たスタッフは帰したよ。俺が送る。話があるんだ」

「何？　突然……」

瞬きを忘れてマサの顔を見つめる私は、一方で嬉しさの涙がせり上がるのを止められなかった。

この人のために、この人と過ごすために、私は生きている。

そう考え呟いた歳月は昨日のことのようだ。

目の縁の涙を拭っていると、マサに背をすっと押され、ゆっくりと歩き出す。大きなフードの付いたパーカーとデニムの私に、誰も気付かない。

歩く背中は、以前とまったく変わらないな。痩せていて少し猫背で。

前を行くこの人の腕に触れたいという気持ちが胸の奥へ広がって、体を小さく震えさせた。けれど、涙を拭いた私は平静を装い、ただ前を向いた。

どうして、あの時、私を一人にしたの？

どうして、あの時、私の手を離したの？

突然に訪れた別れに胸が痛み、その痛みが体の中心にあることが普通になった。

私があの時に感じた絶望を、あなたは知っている？

いつか別れの理由を聞きたいと願っていた気持ちは失われてはいなかったが、封印した悲しみが、溢れ出すことはなかった。

「どこへ行くの？」

「食事しよう、店は予約してあるから」

車の助手席に私を乗せたマサは、都内のレストランへ到着するまで一言も話さなかった。私は、少し視線を上げ、フロントガラスから見える夕暮れの空だけを見ている。

店に到着し、運転席から降りる彼の横顔をうかがうと、その表情が固い。私よりもっと緊張しているのかも知れない、と思う。

レストランの個室に入ると、テーブルを挟んで座ったマサがようやく口を開いた。

「あ、言うの忘れてた」

「ん？」

「おかえり」

「あ、うん、ただいま」

強張《こわば》った体の力が抜け、お互いがふっと、笑顔になった。

ずっと会いたくて話したくて、でも会うことも言葉を交わすこともないと決めていた彼は、時を経ても変わっていない。

私はどう？　あの頃と違って見える？

そう問いかけたかったけれど、声にすることができなかった。

会えなかった間のことを話すなら、どんなにかたくさんの時間が必要だろう。そんな時間が私たちにあるはずがない。

口元に手をやりながら、ぼんやりと考えている私の耳に、グラスに注がれる炭酸水の小さく弾ける泡の音が聞こえた。

その刹那《せつな》、泡音と変わらないくらいの囁くような声が響く。

「あゆ、これからも変わらず歌えよ、な」

二十年前からずっと変わらない。ぶっきらぼうで、平坦な命令口調の一言に、励ましと心配と愛情が込められていることは、私の胸の鼓動が知っている。

「……うん、ありがとう」

テーブルに落とした視線を上げながら言った。

「あゆには、歌うことしかできないから」

生活の拠点をアメリカから日本へ移し、デビューから間もなく二十年を迎えるアーティストとして、どんな道を描き歩んでいけばいいのか。怖かった。誰かの導きが欲しかった。迷うな、やり切るしかないぞ、と、誰かにそう言って欲しかった。マサは、そんな私の胸の中の叫びを知っていたのだろうか。

本当は、マサが私の前から去ったあの日からずっとやめることを考えていたのだけれど、マサがこの世に送り出した浜崎あゆみを、私はどうしても葬り去ることができなかった。だから歌い続けた。

「あゆね……今だから歌える歌を、届けていきたい。いろんな経験をしてきた今だからこそ、歌える歌があると思っているから」

そう告げると、心を縛っていた鎖が解けていった。その瞬間、彼が微笑《ほほえ》んだ。

「そうだよ、四十代になっても、いくつになっても、自分だけの世界を築き、ありのままの姿でそれを貫く。それがアーティストだろ」

「その言葉、マサはデビューしたばかりのあゆにも、言ったね」

「言ったか？　そんなこと」

「うん、言ったよ。何年経っても、懐メロ歌手なんかにはならない。新しい歌と表現で、自分のステージを作り上げるんだ、それを貫くんだ、って」

お互い話したいことが溢れるようにあって、どんなに言葉を紡いでも終わらない。私にとっては、彼の不在が生んだ孤独が耐えがたいことであったのを認める時間でもあった。

「マサ、もう一度、あゆの近くにいて。昔のように二人で一緒にファンが待ってくれている歌を、パフォーマンスを、作っていきたいの。会社はとてつもなく大きくなって、マサの立場も仕事の量もあの頃とは違うと分かっているけど、今は、マサの力が必要なの」

勇気を振り絞った言葉に、マサはたっぷりと時間をかけて答えた。

「もう一度俺がやる。だから、迎えに来た」

過去を失っても未来はあるのかな、その未来があったとしても、そこにマサは、いない、と思っていた。

けれど、彼はこうして私の目の前にいる。私の歌とステージのために。私が歌うことを人生の中で「普通」だと思えるように、側で支えるために。

あの頃と同じだね。そう胸で呟いた。

遠い日、マサのために歌っていた頃が懐かしい。胸の前でクロスした両腕に、無垢《むく》で不器用だった頃の自分を感じていた。


七月、ツアーのリハーサルがはじまって、振り付けのレッスンでへとへとになっていた夜、マサが私を夕食に誘ってくれた。

二年前、空港で再会して以来、私たちはプロデューサーとアーティストとして、同志として、過去に愛し合った者として、時間を過ごすようになった。

銀座八丁目の有名な寿司店。二人だけで食事をするのは何ヶ月ぶりだろう。少しの緊張を懐かしさや高揚感が溶かしていく。

カウンター七席の店で、美しい寿司に見とれながら、私たちは胸の内を語り合った。

マサは、熱いのはがらじゃないけど、と前置きして言った。

「自らの美学を貫き、この世界を去っていくアーティストもいるよ。でも、あゆはそうしない。ステージに立ち続ける。年齢なんかにとらわれない。それがアーティストの姿だから」

背筋をピンと伸ばし、胸を張って生きる人になりたい。少女の頃に抱いた想いは今もそのままだ。私の胸の内を察するようにマサが言った。

「あゆの目指す場所は、この世界の外にはない。俺たちが立っている世界の、ずっと先にあるんだよ」

「うん、大切な曲を今のあゆがどう歌って、どう伝えていくのか、それを考えてる。歌詞の一行一行を手にして、ひとつひとつ丁寧に気持ちを探していくの。今の自分だからできること、絶対にあるから」

素直な気持ちを話すと、目の前の人は穏やかに笑った。

マサと話していると確信できる。不安なんて、未来を見れば小さくできるんだ、って。

お酒を飲んだマサは、少し饒舌《じょうぜつ》だ。

「あのさ、メイクやファッションや体調や体型まで心配して、ファンは俺に直接ツイートしてくるんだよ。本当に幸せだよな、あゆは。どんな時にもファンに見守られている」

「うん、そうだね」

コンサートの会場に響くファンの声が、いつも耳の奥にある。ありがとう、と何度言っても足りない想いが、その声の隣にある。

おまかせの握りを満喫した私とマサがカウンターを離れ、通りに出ると、大将も表に出て見送ってくれた。

大将とマサと三人で、私を真ん中に記念撮影をする。

「ねえ、インスタにアップしていいかな？」

私が撮った写真をマサに見せると、彼は「もちろん」と言って頷いた。

ｉＰｈｏｎｅを操作している途中でやってきた迎えの車に乗り込む直前、私は努めて明るい表情を作って胸の前で手を振った。

「あゆね、これからも、ステージに立っていたいよ」

じっと私を見るマサがどんなふうに返事をするのか少し怖くなる。マサは表情を変えずに言った。小さな声だったけれど、驚くほど強い調子で。

「そんなの当たり前だろ。ここから二十年先までのロードマップを、俺たちは描くんだよ。平成の次の時代、どんな曲を届けるのか。どんな世界をその声で作るのか。今から、あゆの新しい旅がはじまるんだよ」

「うん」

もうそれで十分だった。信じる人のその言葉があれば、生きていける。

ゴールなどまだずっと先で、ここから第二幕が上がる。平成の最後に向けて駆け抜けるツアーが待ち遠しかった。

帰宅までの短い時間、私は後部座席に座って窓を開け、風を頬に受けながら歌を口ずさんでいた。マサと仕事を再開して最初に書いた歌を。

どれだけ時間が過ぎても忘れられないよ
君との毎日それだけが全てだったよ

出会ったあの頃の2人
まだ子供すぎて 傷つけて
それさえ全て 仕方ないと諦めたね

いつまでもいつまでも君は
側にいると思っていた
くりかえしくりかえし
呟いてる君の名を
最後に見た寂しげな君の
横顔が焼きついている
ねえどうしてバカだねって
笑い合えなかったんだろう

君との思い出なんて消えてしまえばいい

なんて思ったこと
何でなの一度もないまま
時間だけ通り過ぎるよ　2人を追い越す様に

さよならもうまく言えなくて
ありがとうも言えなかった
どうしてもどうしても
言葉には出来なかった
君といたあの夏の日々を
夢に見て目覚めて泣いた
思い出に変わっていく
僕たちは大人になる

もう2度と戻ることない日々だと
そう2人はお互いにわかっている
ならせめてどこかですれ違ったら
不器用な笑顔見せて欲しい

願ってるよ…

さよならもうまく言えなくて
ありがとうも言えなかった
どうしてもどうしても
言葉には出来なかった
君といたあの夏の日々を
夢に見て目覚めて泣いた
思い出に変わっていく
僕たちは大人になる

ウインドウを閉め、風で乱れた前髪を指先で整えながら、決して言葉にできなかった、けれど、何度も胸の奥で繰り返した想いを私は反芻《はんすう》した。

ねえ、マサ。私たちは大人になったよね。遠い日を振り返ってみても、あれほどの喜びと純粋さと切なさに満ちた時間は、他にはないと思っている。今は、新たな日々の物語を抱き生きていくと決めた私のその人生に、ねえ、マサ、あなたはそこにいるの？

第一章　Mとの出会い

ひとつ朝を迎えるだけで、悲しみの分量が増えていく。

不安になると、どこででも立ち止まってショルダーバッグを胸の前できつく抱きしめ、空を見上げる。ビルの合間に見える空、電線の背景にある空、雨の匂いを含んだ空。二度とない光景をぼんやりと目に映しながら願うことは、自分にだけ特別に速く流れる時間が欲しい、ということ。

早く大人になりたい。今よりも強い人になりたい。

また空を仰いで、私は思う。誰も私の心なんて理解できないと確認して、気が付くと一日の大半の時間が過ぎていくんだ。

所属するプロダクションは大勢のタレントを抱え、潤沢な仕事が回っていた。東京ではまだまだ新人扱いの十五歳でテレビドラマに出演すると、周囲は私を女優と呼ぶようになる。

事務所が付けた「浜崎くるみ」という芸名が苦手で、自分から名前を言うことができなくて、翌年には本名に戻すことになった。本名の「歩」をひらがなにして、今日から「浜崎あゆみ」だよ、と告げられた時、他人ではなく、自分を演じることの責任のようなものを感じて、立っている脚に少し力を入れた。

四月に私立高校の芸能活動コースに入学すると、女優やアイドルや歌舞伎の御曹司がいるクラスは、案外居心地が良かった。仕事で休むことが多くても面倒な説明はいらないし、何よりほっとしたのは自分のペースを乱さなくても済むこと。

学校には親友と呼べる友だちはいなかった。むしろ作らなかった。クラスメイトと仕事仲間との境目は私には明確で、教室に心から打ち解けられる人などいるはずがないと思えた。

仕事をする人と友人になんてなれるはずがない。そんな考えをくるりと覆《くつがえ》してくれたのが女優のメイだった。彼女とは、自然に打ち解けて連絡先を交換し、待ち合わせて、たくさんの時を過ごした。一日の半分を一緒に過ごしても、帰り際、次の約束ができた。

その日も、打ち合わせが終わると、いつものようにメイに連絡をして渋谷へ向かう。渋谷駅のハチ公口改札を出てスクランブル交差点にさしかかると、私は心のスイッチを入れた。行き交う人の波に飲み込まれないよう、膝に力を込めその十字路を走って渡る。交差点を渡り切って西村フルーツの店先の、宝石のような果実を見て立ち止まり、今度は顔を上げて「１０９」のサインを見上げる。

年末の空はすっかり闇を掲げている。

１０９の入り口に立ち、腕時計に目を落とすと六時五分前。いつもの通りメイの姿はない。ポケベルを手にして彼女を待つことがすっかり習慣になった。

「待った？　ごめんね」

華やかな声を聞いて、顔を上げると、長いストレートの黒髪を右手で跳ね上げて笑うメイがいた。しなやかに伸びる脚がクロスして、ランウェイでターンするようにくるりと回り、私の前に立った。

メイとともにいつものコースを歩き出した。行きつけのセレクトショップで洋服を見て、カップルでいっぱいのセールがはじまったアクセサリーショップを覗き、地下の靴屋さんでブーツを試し履きした。

店内には、クリスマスソングが流れ続けている。このメロディを聴くと、年の瀬の慌ただしさが体の中を駆け巡る。それは人々の歩幅を少し大きくして、誰もが、どこかへ、何かを求めて進むようになる。

私とメイも、その夜、向かう場所があった。

渋谷センター街のマックで夕食をとってから私たちは東横線に乗り込んで、中目黒で日比谷線に乗り換え、六本木駅に降り立つ。ホームの混雑は、十二月の六本木の夜の、喧騒《けんそう》の切れ端だ。

地上に出て、人混みをかき分けるように歩いて、七丁目に到着するとそこには青い光を放つ巨大な階段がそびえ立ち、その前に長蛇の列ができていた。

「……並ぶしかないね」

私の言葉にメイが頷いて、人の流れにそって最後尾に並ぶ。もう二度とそこからは出られないと思うほど、人が重なって階段に連なる道を占拠していた。本当にゆっくり、ゆっくりとしか進まない人の流れに身を委ねながら、入った瞬間に起こる衝撃を想像していると、胸の真ん中から起こった小さな震えが全身に広がった。

一九九四年十二月にオープンしたヴェルファーレ。エイベックスが運営する「アジア最大のディスコ」として、訪れる若者の心を席巻していた。オープンして一週間、全国ニュースで毎日取り上げられる巨大ディスコに日本中から人が殺到し、六本木七丁目の風景は一変していた。

列に並んで三時間が過ぎて日付が変わる頃、ようやくエントランスの階段に辿り着く。赤いカーペットが敷かれた一段一段をゆっくりと上ると、クラブ内から伝わる大きな振動が、足先から頭へと上がっていく。

いよいよドアの先の世界へ入ろうとした時、屈強な黒服のフロントマンが私とメイの前に立ちはだかった。

年齢を聞かれると、声を揃え「十八歳」と答えて、フロントマンの顔を見つめた。目を逸らしたら負け、というルールのゲームのように、OKの声がかかるまで視線を動かさない。

インカムのマイクに小さく何か言ったフロントマンがドアを開けた途端に、薄暗いエレベーターホールに導かれ、気が付けばエレベーターに乗っていた。

一気に降りた地下三階でドアが開く。ロッカーにコートとバッグを預け、フロアに出ると、地上三階から地下三階まで吹き抜けになった空間はあまりにも大きくて、体がすくんだ。見上げると地上階にはそれぞれ個室があり、最上階のフロアが特別なのだと想像できた。

　地底のような地下三階のフロアでは千五百人が体を揺らし、腕を突き上げ、ミラーボールの光の下で一塊になって、波のようにうねっている。巨大なスクリーンとレーザー光線が群衆を照らし、それをステージから見下ろす外国人ＤＪは微笑みを浮かべている。異空間を満たす音が作り出す振動に、私の鼓動は高鳴り、速くなるのを抑えようがなかった。

　人混みの中に立って、全身を揺らすビートに急かされ、息苦しさに耐えながら、煌《きら》めく光に包まれる人々の群れを、まるで自分自身の体のように感じていた。

　ヴェルファーレの閉店時間になり外に出ると、メイと連れだって朝まで開いているファストフードへ入る。固い椅子の上で、コーラをすすりながら、心の闇の部分に光が射すのを感じていた。

　こんな瞬間を、幸せって呼んで良いのかも知れないな。単純で恥ずかしいけど、今すぐに、もう一度得たい、行きたいと感じられるものなんて、他にないもの。

　音楽と歌と光と人と。それが混ぜ合わさると、人間はこんな気持ちになるんだな。

ヴェルファーレへ週に二度、三度訪れるうちに、フロントマンもフロアのスタッフも皆、顔見知りになっていった。「十八」と二つ年齢をごまかしていることをみんな知っていた。やがて、駆け出しの芸能人であることが知れ渡る。出演していたドラマや、グラビアの掲載された雑誌を、みんなが知ることになっても、私は大人のように振る舞った。それはただ、知らんぷりをして入店を許してくれているスタッフのためでもあった。

メイが来られない時でも、一人で階段を上り、光と音の渦《うず》に身を任せる時間を過ごす。それが日常となり、三ヶ月も過ぎると行き交うスタッフの誰もが「あゆ」「あゆちゃん」と私を呼ぶようになる。

もう、長い列の最後尾に並ぶこともなくなった。別のゲートに呼ばれ、数分もすればエレベーターに乗っていた。

海の底のような広大なダンスフロアの熱気に包まれながら、見上げるガラス張りのＶＩＰルーム。その中にはどんな人たちがいるのだろう。入れ替わり立ち替わりモデルやアイドルたちが出入りする部屋を見ながら、特別な世界がそこにあるのだと眩しかった。

その年の秋、十七歳になった私は、高校生という肩書きをすんなり手放した。高校を中退することに、別段の恥ずかしさも後悔も感じない私に、所属する芸能プロダクションも、とやかく意見することはなかった。実際、出演するテレビドラマは増えていき、スタジオで長い時間を過ごすことが日常になった。

退学届を出す前日に「私、高校やめるね」と告げた時、母は何も言わなかった。

「あゆの人生なんだから、自分で決めなさい」

普通の母親のように、お願い、高校だけは卒業して、退学なんて許さない、などと言わないことは分かっていた。私を産み若くして母親になった母も、私と同じように、自分の人生の道を自分で選び、突き進んでいたから。

おばあちゃんだけは、少し不安そうな顔をして、でも笑って、私の背中に手を当てて、頷いていた。

少し小さくなった背中から抱きついて手を回し、首元に顔を寄せると、おばあちゃんの優しい匂いがして、ほっとして、目を閉じる。物心付いてからずっと側にいてくれたことへの感謝を、どんな言葉で伝えればいいんだろう。涙を押し戻すように、目をぎゅっと瞑《つむ》って、私はその人の温かさを頬に感じながら、ありがとう、とだけ言った。


ヴェルファーレに通ってもうすぐ一年になろうとした頃、顔見知りになったフロアスタッフに声をかけられた。

その人はVIPルーム担当で、地上のフロアの責任者だった。

「あゆちゃん、VIPルームに入れるよ。行ってみる？」

聞いた瞬間にどきりとして、肌が粟立《あわだ》つような感覚が体を駆け巡った。

「……いいんですか？」

「うん、大丈夫だよ。じゃあ、一緒に行こうか」

促されるまま最上階のVIPルームに入ると、全員がシャンパングラスを片手に、笑ったり、話したり、小さく踊ったりしていた。そこも地下三階のダンスフロアと同じように満員電車のような人いきれで、目の前には人しか見えない。

「大変だけど、僕に付いてきてね。一番奥のソファー席まで」

「……はい、大丈夫です」

案内してくれたスタッフの背を見失わないよう、目を見開き前に進んで、一番奥の大きなソファーのある場所に辿り着く。スタッフはそこに座る一人の男性に耳打ちをして、こちらを振り返り、手招いている。そして、私の耳元に顔を近づけ小声で言った。

「こちらが、エイベックスの専務。松浦勝人《まつうらまさと》さん」

「松浦さん……って……」

この人が、あのプロデューサーのmax matsuuraなの？

焦りと戸惑いとが入り交じった気分になった。

ジーンズに白いTシャツ、革ジャンを羽織った痩せた姿は専務という地位と掛け離れている。陽に焼けた顔は少年のようで、さらさらの前髪と涼しげな瞳を眺め、本当にこの人が？　と聞き返しそうになって、口をつぐんだ。

max matsuuraが仕掛けたヒット曲の数々を、聴かない日はなかった。カラオケに行っても、どの部屋からも、そのヒット曲が流れていた。

日本の音楽業界を変えてしまうほどの熱波となって、人々の心を包み込んでいるプロデューサーがこんなに若いなんて……。

身を固くして頭を下げた私は、少し顔を上げて上目遣いにその人を見た。美しい女性が傍らにいて、こちらを静かに見ている。

スタッフがまた耳元で囁いた。

「隣は、専務の奥さん」

「……はい」

もう一度深々と頭を下げて、上げた途端に乾いた声が耳に届く。

「今、何してるの？」

専務が私に聞いている。そのことに驚いて、喉の奥から声を絞り出した。

「あのぉ、芸能事務所に所属していて、今、テレビドラマに出ています。あと……」

私は、その人の顔を見ず下を向いたまま言った。

「レコーディングしてＣＤも出しました。もうすぐ、ミニアルバムを出します」

そう言ってから、私は、なんてバカなことを言ってしまったのかと、頬が熱くなった。日本一の音楽プロデューサーに、素人同然の自分のＣＤの話をしてしまうなんて。

「いつ？」

「えっと、リリースは十二月一日です」

「そうなんだ……」

私を専務に引き合わせたスタッフが、少し心配そうな表情でこちらを見た瞬間、それまでとは調子の違う、湿った声が聞こえた。

「でも、売れないよ、そんなの。歌なんて、簡単に売れるもんじゃないから」

専務の超素っ気ない言葉にも悲しさを感じなかった。なぜなら、自分自身が一番売れないと思っていたから。

「……はい、分かっています」

そう答えて、改めて専務を見た。このＶＩＰと記念撮影をしてメイに見せたいという衝動に駆られ、抑えられなかった。もう二度と会えないかも知れないし。そう思うとちっとも恥ずかしくなかった。

「あの、すみません。一緒に写真撮ってもらってもいいですか」

無邪気に頼むと、専務は、ああ、と言ってすぐに応じてくれた。

立ち上がった専務の隣に並ぶと、スタッフがポラロイドカメラを手に駆け寄って、シャッターを押した。

まだ黒いままのポラロイド写真を手渡された私は、頭を下げＶＩＰルームを出た。右手で持った写真をぱたぱたと振りながらエレベーターで地下三階へ行き、ミラーボールの下の耳をつんざくような音の中で画像が浮かび上がるのを待った。そこには無愛想な専務と、びっくりしたように目を見開いた子供みたいな自分の姿があった。

でも、本物のmax matsuuraに会った。メイに自慢できる。そう考えると、それだけで胸が熱くなっていた。

──歌なんて、簡単に売れるもんじゃないから。

あの日、専務が言った言葉が耳に残って、時折蘇る。

本当にそうだと思う。私の歌なんて遊びだもん。おばあちゃんが褒めてくれたから、それで十分。

テレビの中にいるミリオンセールスのアーティストたちの煌めきを、遠い宇宙の星を眺めるような気持ちで見つめていた私は、事務所に言われるままに歌ったあの曲が、誰かの魂に火を点けるようなものにはなるはずがない、と心の底からそう思っていた。

その年の大晦日、ヴェルファーレのスタッフに頼み込んでカウントダウン・イベントのチケットを手に入れた。

夜の六本木の、月のない空は明るかった。私とメイは、コートの下にミニのドレスを着て、小走りになって光る階段を目指した。

たった一度きりの機会だと思っていたVIPルームに、顔見知りになったスタッフの計らいでそれ以後も呼ばれるようになっていた。一年の終わりのその夜も。

モデル、シンガー、アイドル、アイドル候補が回遊魚のようにぐるぐると動き回る部屋の中心に専務がいる。あの日以来の再会に、私はどぎまぎして、慌ててそこから離れようとして、その瞬間に目が合った。カチッと音がするほどのアイコンタクトだ。

するとぼそぼそと専務の声が響く。

「お前……可愛いね」

「えっ……」

あっ、覚えてないのか。そう考えるだけの間があって、次の言葉が続いた。

「待てよ、会ったことある気がするな。ここでだよね？　誰だっけ？」

「この前、ここで、写真撮っていただきました」

財布から出したポラロイド写真を見た専務は、顔を振って笑っている。

「ごめん、やっぱり、ぜんぜん覚えてないや」

「ですよ、当然です。あの日、ここで、たった一分話しただけですから」

それで会話が終わるだろうと予想して、私はぺこりとお辞儀しながら、踵《きびす》を返した。

その時、追いかけてきた声を背中で聞いて立ち止まる。

「名前は？」

振り返りながら、私は言った。

「浜崎あゆみ。みんな、あゆって呼びます」

専務が携帯を取り出す姿がスローモーションのように見える。

「電話番号は？」

思ってもいない言葉に、呆然と立ち尽くす。

「……あゆ、のですよね？」

余りに驚いて、顔が強張って、怒ったような声になっていた、と思う。番号を告げながら、唇が尖っていくのが分かった。その人は、十桁の数字を復唱し、続けて自分の携帯の発信ボタンを押した。「これが俺の番号だから」と言った。その声は、優しさを帯びて聞こえた。今が大晦日で、新年を迎える前の盛大なパーティーの真っ直中であることを忘れさせた。

巨大なダンスフロアが宇宙船のように暗闇の中で光り、揺れて、その中で新しい年を騒々しく迎えた時、私は別の時空にいて、静かな海辺に佇《たたず》んでいるみたいだった。隣で長い髪と体を揺らすメイのむき出しの肩と細い腕を見ながら、映画のワンシーンが照らし出されるような錯覚に陥って、やがて爆音が耳に戻ってくる。

日本一有名なプロデューサーに会って、名前と電話番号を聞かれた、ということにただ舞い上がった私は、その直後、フロアのスタッフから聞かされた言葉をまったくの他人事《ひとごと》として聞き流した。

「松浦さん、あのVIPルームで、次のスターを探しているんだよ。必ず、この箱に未来のスターがいるはずだ、その宝石の原石を見つけ拾い上げるのが、俺たちの仕事なんだ、って。そのスターたちの歌で、日本の音楽シーンを変えるんだ、って」

日本で一番騒々しい、巨大で華やかなカウントダウン・イベントが終わって、まだ暗い朝の中を地下鉄の駅に向かいながら、心に閃光《せんこう》が射すのを感じていた。それがなんのサインなのか測りかねていたが、これまで生きてきて覚えたことのない感覚がリボンのように伸びて、私の体を取り巻いていた。私の知らない何かのはじまりのような気もしていた。

それからはもう、じっとしていられなかった。何度も携帯を取り出してはアドレス帳を開く。きっと鳴ることはないその人の番号を、私は繰り返し見返した。

鳴ることはない、はずだったのに、翌日、その人からの電話が鳴った。表示された名前に驚いて、私はなぜ？　と声に出していた。

初めての電話に「はい」と言って出て、その電話は、元気か、とだけ言って切れた。私は、また「はい」としか返事ができなかった。携帯を握る手が、どうしようもなく震えていた。その震えは、電話が切れてもなかなか収まらなかった。

それ以来、仕事をしていて電話に出られない時には、専務から着信があったらどうしよう、と気が気ではなかった。数日後にあった二回目の電話は、まさに仕事中で、着信履歴を見た時には、あー、なんでぇ、と叫んでいた。

見ると、留守番電話が入っていた。

「松浦です。これ聞いたら、折り返しください」

かしこまった声の語尾を聞かないうちにすぐに折り返すと、ぶっきらぼうな優しい話し方の声が耳に届く。

「おつかれ。もう仕事終わった？」

「はい、今終わって。電話に出られなくて、ごめんなさい」

「べつに、急ぎじゃないから大丈夫だよ」

ヴェルファーレの新年のパーティーがあることと、専務がVIPルームに入る時間が告げられた。


パーティーの夜、VIPルームで待っていた専務と会った。その日はニューイヤー・イベントを目当てにしたゲストが押し寄せていて、いつも以上に混み合っていたのだけれど、顔見知りのスタッフが、専務の近くに私の席を用意しておいてくれた。座って、ふぅと息をついた私に、いつものドリンク、ライムを搾ったトニックウォーターが運ばれた。

「お前、何飲んでるの？」と言って、専務が私のグラスの液体を一口含む。すぐに、うわぁ、と言って右手の甲で口を拭った。

「なんだこれ、ジンが入ってないじゃないか」

あっ、と言って私を見て、グラスを元の位置に丁寧に戻し、その人は聞いた。

「あゆは、いくつだっけ？」

「十七歳。今年の十月に十八歳になります」

「高校生なんだな」

「いいえ、高校は去年やめました。今は仕事だけです」

そうか、と言って、その人は腕を組み、大きくて黒く、鈍く光る腕時計をちらりと見て、前を向いたまま話し出した。

「今日はもう帰れ。タクシーで帰れよ」

ヴェルファーレへ辿り着いて、座って、十五分。フロアスタッフに先導され、出口に着く頃には、タクシーが待っていた。そのまま降りればいいからね、と言われ、タクシーはマンションのある中野に向かって走り出す。

家に着くと、出迎えてくれたおばあちゃんが、笑って私にこう告げる。あゆちゃん、今日はお仕事早く終わったのね、良かったわ、ご飯食べるわね、あゆちゃんが大好きなハンバーグとアボカドのサラダを作ったよ、先にお風呂に入ってからね、と。

おばあちゃんと二人で食事をとり、早い時間にベッドに潜り込むと、じっと私を待っている人がいてくれることの温かさに包まれた。そして、早く家に帰れ、と言った人からの電話がいつ鳴ってもいいように、携帯を枕元に置いて手のひらで触り、着信の気配を待ちながら眠った。

電話は何日も来ないこともあった。もちろん、VIPルームでは顔を見ることができた。仕事が終わると、その部屋に向かい、挨拶をして、合図があれば、中に入って時間を過ごした。特別な話をするわけでもなく、ただ隣に座って。

専務はそこでエイベックスのスタッフと打ち合わせをし、電話で誰かと長い時間話し、ゲストやクライアントを迎えて、また仕事の話をしていた。知らない言葉が飛び交っていたけれど、どうやらそれは、音楽やレコーディングにまつわる単語なのだということが少しだけ分かっていった。

目まぐるしいいくつもの会話の合間に、何も食べずに強い酒を何杯でもあおるように飲んでいる専務の隣で、私はただ静かにしていた。息をひそめ、気配を消すようにして、座っていた。

数週間もそうしていると、専務は親しい人を呼び寄せての食事に私を伴うようになった。ヴェルファーレから出てレストランやバーへ出向くのだ。みんな大股で歩くのが速く、私はいつも小走りで、その背中を見失わないよう、子犬のように跳ねて付いていった。

専務と最も親しい取締役と、専務の高校の後輩ＨＩＲＯさん。厳《いか》つい硬派なメンバーの中に、ちょこんと私がいる。時折、メイも一緒に。

ＨＩＲＯさんは、ダンス・ボーカルユニットのダンスメンバーで、一九九五年にユニットが解散すると、バックダンサーとして人気アーティストのツアーに参加したり、新しいユニットを結成したり、踊ることでの表現を続けている人だった。ＨＩＲＯさんは専務の話を何時間でも頷きながら聞いていた。

聞こえてくる専務の話は、日本のエンターテインメントの行方や、その表現、エイベックスの進むべき道について。ここから切り開く未来のことで、ＨＩＲＯさんにはたびたび、お前はその中心にいなきゃならないんだぞ、と熱い思いが投げかけられていた。

私は、そうした時でも黙っていた。会話をじっと聞いて、けれど、口を挟むことはもちろん、頷くこともなかった。この会話の先にある曲やダンスを想像するだけで胸がいっぱいで、心がじんじんと熱くなった。そして、こんな何者でもない私がなぜここにいるのか、と自分に問いかけた。

ある時、専務は黙って聞いていた私の方に向きなおると、突然にこう聞いた。

「あゆは、どんな音楽が好きなの？」

いきなり問われ、私はその人が好むような答えを探している余裕がなかった。だから、ありのままに、正直に答える以外なかった。

「地元福岡に住んでいた小学生の頃、親戚のお兄さんが聴いていたロックのレコードが大好きになって、カセットに入れてもらって、ずっと聴いていました。レッド・ツェッペリンとか、ディープ・パープルとか。今もロック、大好きです」

「そっか、お前ロックが好きなのか」

へぇ、という顔をして、でもうんと頷いたその人は私に、外へ出よう、と言った。

「ロック、聴こうぜ」

タクシーで向かったのは西麻布のバーだった。専務は古くからあるそのバーの常連で、カウンターに座ると差し出されたショットグラスの酒を、グイと飲み干した。それが合図であるかのように、大音量のロックが店に流れ出す。

それは音楽専門の放送で、どんなジャンルの音楽もチャンネルを合わせれば聴けるのだと、教えてくれた。

レッド・ツェッペリンやディープ・パープルやガンズ・アンド・ローゼズやエアロスミスやヴァン・ヘイレン、カセットで聴いていた曲に包まれると、子供の頃過ごした風景が浮かんだ。東京とはぜんぜん違う風も感じた。大好きなツェッペリンの「IMMIGRANT SONG」がはじまると、思わず歌詞が唇からこぼれ落ちてしまう。

Ah.… ah.…
Come from the land of the ice and snow
From the midnight sun
Where the hotsprings flow
Comin' of the cold
Drive our ships to new lands
Fightin' the haul, singin' and cryin'
I am coming

横を向くと専務が微笑んでいるのが見えて、私は思わず口をつぐんだ。

「あゆ、歌えるじゃん」

その声が聞こえるやいなや、肩までの髪が左右に揺れるほど大きく顔を振った。

「いいえ、歌えません」

「でも、ＣＤ出してるよな」

「あれは、たった一度のことで……」

そのバーにはカラオケがあったので、どんなに歌えないと否定しても無駄だった。

専務が店のスタッフに大ヒット中の楽曲を告げ、伴奏が流れ出すと、今度は私にマイクを差し出した。

えっ、マジで……。

歌詞を丸暗記するほど聴いていた曲だけれど、max matsuura の前で突然に歌うなんて、あり得ない。ビートを掻き消すほど心臓が音を立てて脈打っている。

「いいから、歌って」

専務に淀みなくそう言われて、私はモニターの映像を眺め、歌いはじめた。

ど頭に高音のサビが来るインパクトのある曲は、歌い手にとっても心が逸《はや》る。専務は、その曲を私が歌い終わるまで黙って聴いている。

出だし間違えました、音程ずれました、ここまで高い声はなぁ……と、max matsuura の前で小さく言い訳する自分が、なんと滑稽だろうと悲しくなって、私は下を向いた。

「じゃあ、次の曲」

専務がカウンターに頬杖をついてじっと聴いているので、私は次々にかかる曲を歌い続けた。本当は涼しげに歌いたかったけれど、運動選手のように汗だくだ。

こんなの、もう、ピエロみたい。泣きそうになって、でもぐっと堪えて、マイクを握って、耳を澄まし懸命に音程を取った。

しばらくすると時計を見た専務がタクシーを呼んだ。

「今日はここまで。またね。また電話するよ」

こくりと頷いて、一人でタクシーに乗り込みながら、ほとんど会話らしい会話を交わしたことがないけれど、専務といると、少しだけ今より先の自分を感じることができる、と思えた。ドラマやモデルやグラビアの仕事より、この時間はずっと楽しい。

仕事のスケジュールのない日には、ただ電話を待った。

七度目の電話の時には、専務はドライブへ行こうと、自分の生まれた場所へ連れていってくれた。港があって、公園があって、工業地帯があって、繁華街がある横浜は、福岡にも似ている。なぜ、七度目だと分かるかと言えば、私は専務の電話の回数を日記に付けていたから。

港が見下ろせる見晴らし台のある公園で、吹き上げる風を感じながら、目の前にかかる青く光るでっかい橋のラインを指先でなぞり、ここでmax matsuuraは生まれたんですね、と柵の向こう側にある海に向かって言ってみた。

「お前、面白いな」

子供の頃から人に、面白いなんて言われたことがなかったので、私は照れてしまい、隠せないほど耳が赤くなっていた。

公園から駐車場へ向かう時、私は専務にこんなことを言って、自分で驚いた。

「こんな場所で手をつないだら、誰が見ても恋人同士ですね」

専務に、そうだな、と言って手をつないでもらいたかったけど、もちろんそうなるわけもなく、ただ沈黙が流れた。でも、顔を見ると専務がすごく照れていることが分かり、私は嬉しかった。手をつなぐこと以上に。

専務からの呼び出しに応じるうちに、季節が過ぎていった。街で会い、西麻布のバーでカラオケを歌うようになってから、ヴェルファーレで過ごす時間は少なくなっていった。そこでは綺麗なモデルやアイドルの卵のきらびやかな姿の代わりに、仕事人たちの姿があった。専務の秘書やそれぞれのアーティストの制作スタッフとも、顔を合わせる頻度がぐんと増えていく。そして、エイベックスという会社が、松浦勝人という人が、日本の音楽の地図を大きく書き換えているのを目の当たりにし、少し、怖いと思った。専務は三十歳をいくつか超えていたけれど、その外見は二十代の青年にしか見えず、取り巻くスタッフもさらに若かった。

マイクを握って次々に歌う私は一曲ごとに、ちらりと専務の顔を見た。

下手だなぁ、まあまあか、声質は悪くない、もっと高いキーで、と、専務は少しだけ感想を漏らすようになった。でも、褒められたことはない。

キーを目いっぱい上げて歌い続けると、ハイトーンの声が少しずつ響き出す。

「あゆ、上手くないけど、歌うのだんだん好きになってきました」

　本当の意味は違っていた。歌を歌っていることが好きになっていたのではなく、こうして過ごしている時間が好きだった。いつも緊張しているけれど、その人の側にいて、その人が望むように歌って、同じ時間の中にいるだけで、幼い頃からつきまとう寂しさが薄まっていく。

　深夜になると、専務が家までタクシーで私を送り届けてくれた。

「またな」

　そう言って同じタクシーに乗って帰っていく専務の横顔を、私は見えなくなるまで見つめ、その表情を思い出しながら眠った。

　専務は何を思っているんだろう。なぜ、私を連れて歩くんだろう。どうして私に歌を歌わせるんだろう。答えはない。だって、その人は何一つ話をしないから。

　でも、そこに違和感はない、微塵も。十五歳年上で、自分で作ったレコード会社を経営していて、いつも寡黙なその人の存在が私の小さな世界を覆してしまった。

　体を満たす悲しみの分量が少し薄まっている、と、毎日感じた。鉛の型にはめられたようだった心が、時折、弾んでいる。

その人の眼差しが月も星もない夜空を照らす気がして、私は恐れなくてもいい夜を、手に入れた。

一九九六年の冬、所属していた事務所とは契約を更新しなかった。ドラマで高校生を演じることがつまらなかったし、水着を着てカメラマンの前でポーズを取る時には、ごまかしの笑みしか浮かべることができなくなっていたから。

事務所で契約解除のサインをして自宅へ戻ると、私は専務に電話をしてそのことを告げた。感傷など欠片《かけら》もない声に、自分自身がはっとして、余計に淡々とした声になっていったように思う。

「事務所、やめました。今、母と事務所に行ってきたところです」

私の言葉に、専務が声をあげた。

「えーっ！　これからどうする？」

「どうするか……まだ何も決めてないです」

家族と相談して考えるつもりです、と言う前に、

「お前、なんだよ、その悠長な声は、まだ何も決めていないって、そんなんじゃこの

先困るだろ、だって高校もやめているんだし、行くとこないし、仕事だってなくなるんだぞ、このままじゃ」

　携帯の奥から聞こえる心配の声に、私は、ふふ、と声を出さずに少し笑った。専務と出会ってから一年、こんな心配事の羅列を聞いたことがなかったから。

　専務は「それなら……」と、言って五秒ほど沈黙し、息を吸い込む音の後で、早口に言った。

「うたうたう？」

「……えっ？」

「だから歌を歌うかって聞いてるの」

「歌って、歌手のことですか……、あゆが？」

「お前しかいないじゃん」

「……歌なんて、あゆ、歌えませんよ」

「歌ってたじゃん、カラオケであんなにたくさん」

「あれは、歌えって言われたから……」

「いや、俺はもう決めた。あゆ、うちに来い。そして歌えよ」

「うち、ってエイベックスですか。まさか……」

「まさかって、俺の会社だよ」

「でも、あゆ、きっと歌えない。無理です」

いや、電話じゃダメだ、これからすぐに会おう、と専務に言われて、私はタクシーに飛び乗った。目の前には、ヒットを飛ばす女性ボーカリストたちの顔が浮かんでは消えていった。

そのボーカリストたちは歌うために生まれてきたような人たちだ。自分より輝くその人たちは眩しすぎて、その輪郭すらよく掴めなかった。

電話を切ってから三十分、行きつけのレストランの個室でその人は待っていた。声をかけられる前に私は、大きく息継ぎをして一気に言った。

「できますか。本当に、歌手になれますか？」

それから、その最後にこう付け加えた。どうか、嘘はつかないでください、と。そこに、嘘なんかつくわけないだろ、という言葉が重なった。

「だって、俺が、お前を歌手にするんだから」

私は、顎を引いたまま、上目遣いに専務を見た。不安そうな顔をしていたんだと思う。私を見た専務は、それまで聞いたことのない強い調子で言った。

「大丈夫、俺を信じろ」

その短い言葉を聞いた瞬間、私の瞳からは涙が溢れ出していた。不安とその対極にある安堵と、専務と過ごす時間への憧れが溢れて。

私は、頷いて、歌手になるんだと自分に言い聞かせた。

「これからのこと、お前の家族とも話し合わないといけないから、まずあゆから自分の気持ちを話しておいて」

その言葉に頷いて、家に戻った私は、おばあちゃんと母に、専務から告げられた通りを話した。エイベックスも松浦勝人も知らない二人には、新しい事務所と仕事の話に聞こえていたかも知れない。

ベッドに潜り込んでも、不安と喜びが振り子のように振れて、一睡もすることができなかった。

子供の頃、地元の銀行のイメージガールになって、中学生になる頃、今の事務所に入って上京し、モデルやドラマの仕事をしていただけの私があの人のもとで歌手になるなんて……。

早朝、衝動的に電話をして、留守番電話に吹き込んだのは、やっぱり歌手はやれない、やりたくない、という言葉。私は本当に歌うことができるの……。その自問の答えを探すことが苦しくて、できない、やらない、と言いたかったのだけれど。すぐにまた電話をして、揺れる心を告げ、本当は歌ってみたいと、吹き込んだ。

昼前にかかってきた電話に、私はたじろいだ。優柔不断な態度を専務が最も嫌うことを知っていたから。けれど、その人の声は怒ってはいなかった。

「あゆ、もう一度言うよ」

「……はい」

「俺を信じろ」

「……はい、歌います」

もう後戻りはしない。私はこの人の言葉を信じる。

カーテンの向こうの冬の晴れた空を見上げた私は、初めて人を信じる人生をスタートすることを決めていた。

第二章　Mへの想い

一九九七年を迎えても、私は専務の前でカラオケを歌っていた。上手く歌えても歌えなくても、その人は同じ顔で透明な液体が入ったショットグラスを空にしては、次の曲を促した。時々、ピアノが置いてあるスタジオへ行って歌うこともあった。

専務がプロデュースしたアーティストのファーストアルバムが大ヒットを飛ばし、楽曲作りやプロモーションに膨大な時間を費やしている時でも、専務は私の歌を聴く時間を削らなかった。そして、聴いた後にはそれと同じくらい物思いに耽っていた。私には多くを語らずに。

寒い一月の夕方、ヴェルファーレのＶＩＰルームで待っているというメールが入り、夜になる前に専務を訪ねた。その人は私を見るなり唐突に言った。

「あゆ、ニューヨークへ行ってこい」

なんの前触れもなく告げられた私の頭には、なぜか、テレビで観たことのあるタイムズスクエアでのニューイヤーの盛大なカウントダウンの光景が浮かんだ。

「ニューヨークって、アメリカのニューヨークですよね」

「そうだよ。航空券やホテルは準備するから」

ソファーに腰掛けると、小さく聞いた。

「いつからですか」

「来週」

「どれくらい」

「三ヶ月」

私は、きゃあ、と声を出して驚く代わりに息を止めて目を見開いた。何が起こっているのか、なんのことか、良く理解できなかった。

「三ヶ月、一人でニューヨークって……あゆが!?」

「そうだ、行ってこい。向こうでボイストレーニングとダンスのレッスンを受けるんだ」

歌手としての基礎なんて私にはゼロで、ゼロのままではプロになれるはずがないと、自分でも分かっていた。いつか歌のレッスンを受けなければならない、と想像していた。けれど、その場所がニューヨークだなんて。福岡と東京しか知らない私が、ニューヨークへ、それも一人で。

専務は、自分が手掛けたボーカリストたちは、みんな同じトレーナーについてレッスンしたんだよ、と言って、こう続けた。

「パスポートは持ってるよね」

「はい、あります」

マンガ雑誌の表紙とグラビアの撮影で、ビーチリゾートへ行ったのはまだ去年のことだ。

「英語できないけど、どうしよう……」

「旅の英会話の本、買っていけよ」

「英会話の本が、読めない、かも……」

「大丈夫、なんとかなる」

その人の大丈夫に、あたたかい感情が湧き起こり、私は聞いた。

「誰か、一緒に？」

「一人だよ。向こうでは大場っていうコーディネーターが待っているから」

もう、覚悟を決めるしかなかった。

「ニューヨークは、暑いですか、寒いですか？」

その時の私は、アメリカということ以外、ニューヨークの知識はゼロに等しかった。

「寒いよ、東京の二倍くらいは寒い」

「北海道くらい、ですかね」

行ったことのない北国を思い浮かべて、その寒さを懸命に想像した。

「もう帰れ。帰って準備をはじめなさい。詳しいことはまた連絡するから」

「……はい」

ヴェルファーレの階段を降りながら、ニューヨークへ飛んで、そこにあるスタジオに立っている自分をイメージして、大丈夫、なんとかなる、と呟いた。


ただいま、と玄関を開けて、「あゆ、ニューヨークへ行くことになったよ」と出迎えたおばあちゃんに告げると、おばあちゃんはニューヨークについてたくさんの質問をした。でも、私は何一つ答えてあげることができなかった。凄く寒いところなんだけど、そこで歌やダンスのレッスンを受けるの、とだけ繰り返しながら、その先の世界を想像することしかできない。

お風呂に入って、ベッドに潜り込んだ深夜、帰ってきた母は、私のニューヨーク行きをおばあちゃんから聞いて、あら、いいわねぇ、と声をあげた。目の前の小さな不安など、一言で片を付ける母の得意技。あなたは本当にかっこいいよね。

あら、いいわねぇと、母の言葉を小さく真似て、東京の二倍寒い街を想像し、冬物が足りないから明日買いに行こうと考えていた。

翌日、買い物に付き合ってくれたメイは、「良かったね、あゆ。夢が叶うかも知れないね」と言って、私の手を両の手のひらできゅっと握った。

メイに自分の夢を話したことがあったのかな……。冬物の入った袋を抱え、帰宅する電車の中で、バレリーナになりたい、と思った日の記憶が蘇る。小さい頃、習っていたクラシックバレエが大好きで、チュチュとトウシューズ姿の自分がそのまま大人になることを心から望んだことがあった。でも、博多の街中でモデルのプロダクションにスカウトされ、母とおばあちゃんのために働こうと思った頃から、バレリーナを夢見ることはなくなった。

父親のいない三人の生活は私の大切な日常で、おばあちゃんと母のために働くのは自然なことに思えた。福岡の銀行のポスターのモデルになってもリッチにはならなかったけど、貧しくはない普通の生活を手に入れた喜びは、子供には似つかわしくない、私のプライドだった。

自立した心は、自分を子供として扱う学校に反発を繰り返した。いつも先生に怒られて、学校に呼び出された母に怒られて、そこから逃げ出したくて。やっと東京に出るチャンスが巡ってきた。

東京の大手プロダクションに入って、家族で上京すると、現実の壁がそそり立つように目の前に現れる。ぜんぜん売れなくて、やりたい仕事に巡り会えなくて、いつしか、自分より遥かに輝くそんな世界への憧れを断ち切っていた。事務所から届くスケジュールに従い、明日のことしか考えなくなっていく自分が、そんな心が、大人なのだと思っていた。

夢もなくて。ふらふらとして。やりたい、と力んで言えることもなくて。

それなのに。今の私は、明日のことしか考えなかった自分を、過去の自分だとはっきりと思える。その人に会って、「歌手になれ」「デビューのためにトレーニングをするんだ」とターゲットを与えられる度に、そこへ向かって一歩を踏み出し進んでいく自分を愛《いとお》しんでいる。

私は、自分とその人に嘘をつかない。どんな時にも、その人に恥ずかしくない自分でありたい。ニューヨークへ行って、歌が上手くなって、軽やかに踊れるようになって、その人に喜んで欲しい。

その人に、その人に、その人に。

その人を思う収まりのつかない気持ちを、喉の奥に封じ込めて、電車を降りた。

家に帰ると、パッキングが待っていた。おばあちゃんが用意してくれたインスタントの味噌汁は、スーツケースに敷き詰めるように洋服の下に並べた。

その翌日には、待ち合わせたカフェレストランで専務から現地の細かな情報が渡された。コーディネーターの大場さんの連絡先、ホテルやスタジオの住所や地図、そんなインフォメーションがまとめて入っている袋と、ドル札の束を差し出され、てきぱきと用件が伝えられると、専務は指先を見つめた。ぼそぼそとした声が聞こえる。

「ニューヨークのボイストレーナー、かなり怖いらしいぞ」

「怖くても、大丈夫です」

空元気《からげんき》の私は髪を耳にかけ、背筋を伸ばした。

「行ってきます！」

精いっぱい大きな声を出して、私は駆けるように店を出た。私が、私に歌手になれと言ったその人の夢の、一端であることを願いながら。


東京の二倍じゃない、十倍だ。

声に出して言うと、吐く息が氷の結晶になってきらきらと光る。ニューヨークのジョン・F・ケネディ国際空港から出て出迎えの大場さんとイエローキャブに乗り込むと、凍った街の光景は、別の惑星のもののよう。

ホテルはタイムズスクエアにあるノボテル ニューヨーク タイムズスクエア。夕方のレセプションには長いチェックインの列ができていて、最後尾からカウンターに着くまでに十五分もかかった。向き合った完璧な笑顔の女性が「チェックイン？」と聞いたので、イエスと言い、リザベーションシートとパスポートを差し出す。かたかたとコンピューターを叩いて、すぐにチェックインを済ませ、キーを渡してくれた。

部屋に入ると、トランクを開けて荷物を出した。レッスンは明日からで、朝一番にまた大場さんが迎えに来てくれることになっていた。

気が付くと、お腹が空いて倒れそうだった。飛行機を降りてから何も口にしていなかったから。

英語が話せないだけでなく聞きとれない私は、そもそもレストランへ行くという発想すらできない。スーパーやコンビニで買い物をすることも恐ろしい。幸い、ホテルの一階がマクドナルドで遅くまで開いていた。カウンターへ行って、ハンバーガーとシェイクを注文する。だけど、反応がない。続いて、あんた何言ってるの、ちゃんと注文してよ、とたぶん言っている店員の超不機嫌な表情に怖じ気づいて、何も買えないまま部屋に戻って、悔しくて、もっとお腹が空いて、ベッドに倒れ込んだ。

今度は、お風呂にお湯を張ろうと格闘して一時間。湯船から上がって、窓からタイムズスクエアのネオンサインを見て、三ヶ月という時間が途方もなく長く感じられて、泣きたくはないのに、気が付くと頬が涙で濡れていた。

翌日、朝早くにマクドナルドのハンバーガーを食べ、リベンジを果たした私は、大場さんとソーホーにあるスタジオへと向かった。

私を出迎えたボイストレーナーのマユミさんは、「ハイ、あゆみ」と挨拶をすると、余計なことを何も聞かずに、さあ、レッスンをはじめましょう、と告げて、鏡のあるスタジオの中央へ私を導いた。

「今日はあなたの声を聴くだけよ。あなたがどんなレベルなのか、これからのレッスンのために知っておきたいの」

少し脚を開いて立った私は、声を出すように求められ、固まった。どんなふうに発声すれば良いか分からない。

「では、私に付いてきて」

マユミさんの声を追って私も声を出す。一時間もすると、私はエアロビクスをしたように、全身びっしょりと汗をかいていた。

彼女は首を振り、両手を広げて、次に腰に手を当てた。そして、一言。

「ここでの三ヶ月、タフなものになるわよ。あゆみ、覚悟して」

マユミさんのボイストレーニングとダンススクールでのレッスンがはじまると、英語が通じないとか、一人で寂しいとか、そんなことはどうでもいいレベルの心細さだったのだと痛感させられた。

事実、マユミさんは怖かった、専務が言った以上に。「ああああ――」と発声するごとに「違う！」と声が飛び、マユミさんは私の背中とお腹を強く押さえ、「姿勢や呼吸、喉の使い方がまったくなっていないのよ、だから、美しい声が出ないんだわ、あなた、本当に歌う気があるの」と怒り出す。

必死すぎて、笑みなど浮かばない。英語と日本語のカウントを聞き逃さないように聞き耳を立て、一瞬も緊張から離れられない。

体が固くなったので、ふーっと大きく息を吐いた瞬間、背中に冷水をかけられたような衝撃が走った。

「あゆみ、あなた今、疲れた、もうやりたくない、って顔したわね」

「いいえ、していません。本当にしていないです」

「今度したら、スタジオを追い出すわよ。いいわね」

「はい、そんな顔、絶対にしません」

一ヶ月を過ぎても、怒られる回数は少しも減らなかった。一日八時間、マユミさんは私に付きっきりで、声とは何か、声を出して歌うとは何か、を伝えようとしていた。それに応えられない自分が情けなかった。

ダンススタジオは、少人数のこともあればブロードウェイのオーディションを受けるダンサーで溢れかえることもあった。皆笑顔で振り付けを確認し、ピアノの音楽に合わせて揃ったパフォーマンスを見せたが、誰もが火のような戦闘力を持ち、自分以外の誰かと闘っていた。

十年間バレエを習っていたから、振り付けを覚え、踊ることはできた。けれど、彼らのように競い合う意識のない私は、最初から負け犬だった。

ホテルの部屋に戻ると、ベッドの上に膝を抱えて座り、意味も分からないテレビ番組を何時間も眺め続けた。ボイストレーニングとダンスレッスン以外、部屋から一歩も外に出ない日が続く。

私が待っているのは、週に一、二度鳴る、携帯電話の音だけ。

携帯が鳴って、耳を当て、専務の声が聞こえると、それだけで涙がこぼれそうになる。

「どう?」

「はい、大丈夫です。でも……」

「でも?」

「これで歌えるようになるんでしょうか」

「大丈夫だよ、言っただろ」

「…………」

「あゆ」

「はい」

「俺を信じろ」

弱音は吐かなかった。帰りたい、会いたいと言えば、その人が失望すると分かっていたから。何より、夢もなく、やりたいことも、希望もなくフラフラしていた自分に「歌手」という目的を授けてくれたその人から逃げることなど、あり得ない。

「はい、歌とダンス、上手くなって帰ります」

短い電話が切れると、東京までの距離を思った。そして、遠く離れていても、心はこんなにも近く感じることができる、と思った。

東京の空とニューヨークの空はつながっている、この心のように。

高く上がった月を眺めながら、私は、その人が私を思っている心とは違った感情を何度も確かめ、ため息をつき、それが許されないことだと自分に言い聞かせて、丁寧に体の奥底へ仕舞い込んだ。

三月になってもマンハッタンの春は遠かった。そんなある日、専務からの電話が鳴った。

「アメリカ出張の途中、ニューヨークにも立ち寄るよ。明日、会おう」

電話を切った途端に、ベッドにジャンプして、子供のように手足をバタバタと動かした。すぐに大場さんに電話をして、翌日のダンスレッスンの時間を早めてもらう。

翌日の午後、ホテルのロビーで待っていると、専務は一人でやってきた。

「行こう」と言われ、歩き出す。寒いけれど、晴天のマンハッタン。どこへ行くの、と聞けないまま、私はその人の少し後ろを早足で付いていく。気が付くと5th Avenueにあるプラダの前にいた。

「入ってみようか」

専務は店内を歩き、コートのハンガーを揺らしながら、一枚を手に取った。

「これ、着てごらん」

それは、ショーケースにあった個性的なコート。自分のコートを脱いだ私がそれを着ると、ボタンをはめ終わらないうちに、その人は鏡の中の私に言う。

「うん、これがいい」

「でも……こんなに高いコートを、どうして」

「だって、あゆに似合ってるから」

「……ありがとうございます」

コートの入ったプラダの紙袋を専務が持って、私たちはレストランへ行った。私は、二ヶ月の間にあった、とびきりビックリしたことから順番に話した。

食事が終わると、ノボテルのロビーまで送ってくれた専務は、ずっと黙っていたのだけれど、帰り際、振り向きざまに一言だけ声を発した。

「東京で待ってる」

春を待つマンハッタンで再会したその人の背に、私は誓う。歌とダンス、必ずレッスンをやり遂げます、と。

ホテルの部屋に戻り、お風呂に入って、パジャマに着替えると、私はプラダのコートを出して広げ、着て、脱いで、そして抱きしめた。

抱きしめながら、こう思う。誰かを愛しているという感情を、自分にだけは隠すことをやめよう。

ホテルのエントランスから遠くなる背中を思い出すと、溢れ出す想いをこれからどう扱えばいいのか、と途方に暮れた。

私が歌手になり、本当にデビューできたとしたら、そこからはロングディスタンスのレースのはじまりだ。膨大な時間をともに過ごしながら、私の一方的な想いなど、遂げられるはずがない。

それでも、早く会いたい。

勝人さん。

真新しいコートに顔を埋めながら、私はその人のことを、生まれて初めて名前で呼んでみた。

三ヶ月のニューヨークでの歌とダンスのレッスンが終わって、ようやく帰国しても、ハードなトレーニングの日々は続く。アイドルやボーカルグループの少女たちが集まって行うトレーニング合宿に参加することが決められていて、私は言いつけ通りに、参加した。

まるで武道の道場のような張り詰めた空気の中、走り込みや筋トレが続けられていく。腹筋や背筋を鍛えるためのメソッドは何種類もあり、短距離ダッシュを繰り返し、それに続いて長距離で競い合う。

ボイストレーニングも、応援団のような声を出させたり、誰かがお腹に乗った状態で声を出させたりするハードなもので、トレーニングが半ばにさしかかる頃には倒れる人もいた。それも一人や二人ではなく、何人も。

同じ事務所やグループで参加しているメンバーの中で、単独は私一人。女子特有の雰囲気の中、陰口や無視は当たり前。

心が折れないよう、奥歯を噛みしめる。それでも、こんなことをしていて、歌手になれるの？　と出口が見えない不安に襲われた。その度にあの声が聞こえる。

「俺を信じろ」

重い体を、奮い立たせた心で支え、私は走った。負けない、ここにいる人たちには、絶対に。

合同合宿が終わると、私の周囲はにわかに動き出した。

歌うと決めて足を踏み入れた世界の辛辣《しんらつ》さを、そこにある純粋な否定を、全身の細胞で感じることになった。

それがいやとか、耐えられないとか、苦しいとか、そうした基準で考えたことはなかったのだけれど、私が立った場所には、これまで住んでいた領域とは違う、強い風が吹いていた。

専務はフリーになった私を、それまで会っていた身内以外の人にも会わせるようになっていた。エイベックスの制作部門のスタッフ、ソングライター、他のプロダクションの社長や重役たち、マスコミの人たち。専務と心を分かち合った人たち、もしくは仕事で互いを支え合っている人たちが、目の前に現れて、私を値踏みする。たとえれば、オークションに出品された冴えない一枚の絵のように。

「この顔は売れないよ。絶対に無理だ。見れば分かるだろう。なんでこんな子をデビューさせるんだよ。やめておいた方がいい。今からでも、やめた方がいい」

芸能の世界では知らない人のいない大御所がそう言うと、他のプロダクションの社長たちもこぞって右へならった。私は、リングの中央でパンチの連打を浴びせられるボクサーのようにフリーズする。

ふと、専務がどうしているのかと思い、その様子を目の端でうかがうと、何もなかったように、黙って話を聞いている。でも、その時、テーブルの下で握った手のひらがゆっくり拳になって、少し震えているのが見えた。

——ああ、そうなんだ。

大きな反発が、怒りが、そこにはあった。それが嬉しくて、私は何を言われても平気になった。

CDショップに行くと、エイベックスのアーティストのCDが棚やフロアを独占していた。世の中の人たちは、透明感のある伸びやかな声を持つボーカリストに魅せられていた。

どのショップにも専務プロデュースの歌が繰り返し流れている。

ヒットメーカーとなったそのアーティストを羨ましいと思わない、と言ったら私は大嘘つきだ。だけど、私はまだスタートラインにも立てない。越えるべき険しい稜線がいくつもあるのだから。

時間をかける必要もないよ、こんな子が世の中に出て売れるはずがない、歌を聴くまでもないだろう、と、言葉が飛び交う度に、私は慣れていく。そして、静かに専務の手に視線を向ける。

ほら、また、拳を握ってくれた。

私がサンドバッグになった後でも、専務は、いつか見返してやろう、なんて決して言わなかった。芸能界の中心のさらに核となる人たちの意見を汲んで、体の中のどこかに黙って収めているようだった。だから、私も、ダメだ、売れない、人気なんて出ないよ、ぜんぜん可愛くもないしな、という言葉をありのままに受け止めて、胸の奥に並べていった。

専務と私。二人だけの闘争。他に、味方はいなかったけれど、怖くはなかった。


騒然とした世間の冷たい風を感じていても、私はいつも専務に守られている、と思う。その人は大樹のような幹と枝葉で、私を暴風雨や強い直射日光から守り、ただ目指すことを淡々とやり遂げれば良いのだ、とその姿で教えてくれた。

私には進むべき道があり、走るべき目的がある。

でも……。私には胸に抱えた秘密もあった。時々、その秘密に押しつぶされそうにもなっていた。

専務は、私の想いなど、露ほども知らない。だから、私が黙っていればいい。それだけのこと。そう思っている最中、新たな事実が突き付けられた。その人は家を出て一人で暮らしはじめていて、そこに、新しい恋人が出現して、いつもそばにいる、らしい、と。

専務の恋人は、会食や打ち合わせにもたびたび同席して、専務の仕事のことも、私のことも含め、よく知っているようだった。私より十歳年上の髪の長い優美な人は、どんな時にも私に優しく声をかけ、「デビューを目指して頑張ってね、きっと上手くいくはずだから」と励ましてくれた。その励ましが嬉しくて、私の残酷な末路を教えるその人に、私は心からの笑みを浮かべることができた。

私は、毎夜、目を閉じて心を整えた。それは、「俺を信じろ」と言ってくれた人への思慕が、その恋心が、決して溶け出すようなことがないよう、固く凍らせる時間だった。

プラダのコートを脱ぎ、春を迎え、夏を過ごし、街路樹が色づく秋を迎えて、私は、歌うことだけに専念します、デビューに向けて自分のするべきことに集中します、と無言で誓った。

年末が近づく頃、かかってきた一本の電話。いつもはぼそぼそと話す専務の携帯から聞こえる声が、その日は心なしか弾んでいた。

「あゆ」

「はい」

「デビューの日を決めたよ。来年の四月八日だ」

「デビューですか、本当に！」

私のデビュー!?　本当に？　声に出さずにもう一度呟いた。

「ああ、本当だよ。そのための準備を急ピッチではじめている」

「信じられない……」

「レッスンを重ねてきたじゃないか」

「……嘘みたい」

「嘘じゃない、お前は歌手になるんだ」

「はい、ありがとうございます」

専務は、信頼する作曲家に曲を書かせ、それを自分がセレクトして、間もなく私に渡すつもりだ、と言った。

「凄い、あゆのための曲だなんて」

「良い曲ばかりだよ。もちろん、もっと良い曲を集めていくつもりだ」

溢れてくる甘く熱い感情で胸がいっぱいになり、もっと違うたくさんの感謝を伝えたかったけれど、そうできなかった。専務は少し早口になって、私がどんなふうにステージに立つかを話し出す。

「ずっと考えてきたんだけど……三人か、四人のグループを編成しようと思っている。演奏もできるメンバーを揃えて、そのメインボーカルが、あゆだ」

「……あ」

それを聞いた瞬間、専務には聞きとれないくらいの小さな声をあげていた。

「これから忙しくなる」

「はい」

「詳しいことは会社で話そう」

専務は、母に会って契約の話をしたい、と言って母と南青山のエイベックスで打ち合わせをする日時を告げた。

「分かりました」

前の事務所から離れて一年、ついにエイベックスと契約できる。私なんか生涯無関係だったはずのレコーディングスタジオや照明の当たるステージに、身を置くことができる。私の内側の細胞が、ざわざわと動き出すのが分かった。

だけど……。

私は通話の切れた携帯を握りしめたまま、その場にしゃがみ込んだ。

グループなんて、私には無理だ。

専務は、三人か四人のグループにして、そのボーカルに私を、と言った。確かに、グループの中心で歌う華やかさは、インパクトを強め、観る者の心を射貫く。だけど……。私には無理。グループの中では自分を表現できない。一人で、たった一人で歌いたい。

それをとがめられれば、私には返す言葉が何一つないのだけれど、私は人と歩調を合わせることができない。小学校の通信簿にも、六年間、協調性の欄に「努力しましょう」と書かれていた。

人に合わせようとすることに意識が向くと、途端に自分らしさが消えていく。集団の中で上手に動けず、そんな自分を責めて心が凍り付いてしまう。一人でいれば、人の顔色をうかがわず、自分のペースで生きることができる。カラフルな自分を際限なく表現することだって、できるかもしれない。

母と会社を訪ねる日が迫る中、私の心にはごうごうと嵐の日のような風が吹き荒れていた。このまま何も言わずグループの話が進行してデビューすることになったら、私は絶対に後悔をする。

会社に行く前日、専務に電話をして、会って話したいことがあります、と告げた。青山のカフェで会った専務は、いつもと変わらない顔で、どうした？　とだけ言った。

「グループじゃなく、一人がいいです。一人で歌わせてください」

俺が決めたことに従えないのか、だったらデビューの話はなしだ、と言われるかも知れない。私は、きつく目を瞑った。

「そうか、分かった」

拍子抜けするほど、すぐに私の願いは聞き入れられた。

「……いいんですか」

「いいよ、あゆはソロでいく」

「ありがとうございます」

その場でソロボーカリストでのデビューが容認された。専務は明日の契約について話し出したが、私には何も聞こえなかった。

全身の力が抜けて、胸を跳ね上げるほどの心臓の音を私は聞いていた。ところで、と専務が言った。

「今、あゆのデモテープを作っている。ソロでいくことを考えて、もう一度セレクトして、渡すことにするよ」

その言葉からそれほど日を置かず、専務からメロディだけが何曲か入ったカセットテープを手渡された。そして、私は続く専務の言葉に両手で顔を覆った。

「お前、自分で詞を書いてみろよ」

「えーっ!!」

「いやなの?」

「詞なんて、書いたことがありません。どうやって書けばいいのか……」

「思ったことを書けばいいんだよ。どんなことでもかまわないから」

専務と別れたその帰り道、パニックになった頭で、歌詞を書くのだからノートとペンが必要だな、と思った。渋谷のデパートのステイショナリーコーナーに寄って、少し分厚いノートと書き味最高のボールペンを買う。

生まれて初めての作詞。等身大の自分が思うこと、それを示す文字を綴ろうと、開いたノートに私は何時間も向き合った。家の小さなソファーでも、おばあちゃんの背中が見える食卓でも、近所の公園でも、布団の中でも。

けれど、何も書けない。一行も書くことができない。何日も白いままのノートをにらみ、考えては空を仰いだ。すると、遠くから専務の言葉が聞こえてくる。

――思ったことを書けばいいんだよ。

作りものの言葉は浮かんでは消えてしまう。自分の中にある想いをそのまま文字にする以外、なかった。

私自身のことを書こう。そして、本当の私を専務に知ってもらおう。専務に手紙を書こう。

ノートに書きはじめた歌詞を読みながら、私は子供の頃から少しも変わっていない自分を再発見した。私は一人だった、ずっと。誰かが側にいても、寂しさが体から離れることはなかった。私は強がりだった、いつも。本当は弱い自分を隠し続けて、嘘の笑い顔を作って、前を向いていた。

ウォークマンで曲を繰り返し聴いて、数行書いては、ノートを破り、また書いて、曲に合わせて少し歌って。

ようやく出来上がった歌詞を、私は淡いすみれ色の便箋に写す。その手紙を、専務に届けた。

「歌詞の書き方が分からないので、手紙になりました。読んでください」

会社の応接室で封筒を差し出すと、不思議そうな表情の専務の手が伸びて、すっと受け取った。固く糊付けされた封を見て、また不思議そうな顔になったその人は、その場で封を切って黙って読みはじめた。

どうして泣いているの
どうして迷ってるの
どうして立ち止まるの
ねえ教えて

いつから大人になる
いつまで子供でいいの
どこから走ってきて
ねえどこまで走るの

居場所がなかった 見つからなかった
未来には期待出来るのか分からずに

いつも強い子だねって言われ続けてた
泣かないで偉いねって褒められたりしていたよ
そんな言葉ひとつも望んでなかった
だから解らないフリをしていた

どうして笑ってるの
どうしてそばにいるの

どうして離れてくの
ねえ教えて
いつから強くなった
いつから弱さ感じた
いつまで待っていれば
解り合える日が来る

もう陽が昇るね　そろそろ行かなきゃ
いつまでも同じ所には　いられない

人を信じる事って　いつか裏切られ
はねつけられる事と同じと思っていたよ
あの頃そんな力どこにもなかった
きっと　色んなこと知り過ぎてた

いつも強い子だねって言われ続けてた
泣かないで偉いねって褒められたりしていたよ
そんな風に周りが言えば言う程に
笑うことさえ苦痛になってた

一人きりで生まれて 一人きりで生きて行く
きっとそんな毎日が当り前と思ってた

便箋から顔を上げた専務がなんと言うのか、私は息を詰めて待っていた。こんな歌詞しか書けないのか、とあきれられるかも知れない。その怖さが、どんどん膨らんでいった。


下を向いてブーツのつま先をじっと見ていると、その人の声がした。

「お前、凄いな……」

「…………」

「お前、こんな感性なんだな」

「え？」

「その歳で、こんなこと考えて生きているんだ」

「自分のことしか書けなくて……」

「その歳で、想いをこの言葉にできるなんて、本当に凄いよ」

「……ありがとうございます」

「お前には才能があるよ。もっとどんどん書いていけよ」

茨の蔓《つる》のように体を縛っていた不安が、粉々になって消えていた。

「これからも、思ったことを、そのまま書いていけばいいよ」

「できるのかな……、でもやってみます」

私、あのmax matsuuraに褒められている？　これ、現実なの!?

いつも先生に怒られて、親に怒られて。やっと東京に出てきても、売れなくて仕事も貰えなくて。なんか、ぐずぐずのダメダメの人生だったのに。今、褒められている。

世界一尊敬するプロデューサーに、恋をしたその人に。

「また次の詞も読ませて欲しい。俺はね、あゆの楽曲は、全部あゆの作詞でいこうと思ってるから」

その言葉を聞いて、私は迷って、下を向いている暇なんかないんだ、と思った。もうがむしゃらに頑張るしかない。でも、それは義務とか責任とかではない。言葉を当てはめるとしたら「楽しさ」だった。

私には頑張るものがある、今目の前に、毎日の生活の中に。それがただ嬉しくて、楽しくて、デモテープがすり切れるほど聴いて、浮かび思いついた言葉をノートに記した。喋るのが苦手で、だからこそ言葉に感情を托《たく》すのが好きではなかったけれど、書いた文字で、自分の想いを伝えることは、私の表現になるのかも知れない、と少しずつ考えられるようになった。

人生に、無我夢中になれることを持てた私。

その私は、私をそうしてくれた人のことを四六時中思うようになっていた。

頭に思い浮かぶ語彙のすべては、その人への想いの偽りのない反映だ。私の中にこんな言葉があるのか、と自分でも驚きながら、ノートに書いた文章は、つまりラブレターだった。

私は、私が恋をしているその人に宛てて書くことにした。歌詞なんかではない、本当の気持ちを綴った手紙を。

新しい手紙を入れた封筒に封をして、会社の専務の部屋で、その人に手渡した。

いつだって泣く位簡単だけど 笑っていたい
あなたの愛が欲しいよ

ホントの自分の姿が少しずつぼやけ出してる
押し寄せる人波の中 答え出せないまま探していた
ウソや言い訳 上手になる程 むなしさに恐くなるよ

いつだって泣く位簡単だけど 笑っていたい
強がってたら優しささえ 忘れちゃうから素直になりたい
あなたの愛が欲しいよ

人はみんないつだってひとりぼっちな生きモノ
だからそう誰かが必要 支えられたくて支えていたくて

確かなモノは何もないけれど 信じてる心がある
大切なモノひとつみつけられたら守り通そう
高すぎるカベぶつかったらキズを負ったらまた立てばいい
他には何も望まないから たったひとつそれだけでいい
あなたの愛が欲しいよ

会社のエントランスの先にある歩道に出た私は、澄んだ空気を胸に吸い込み、じっとしていられない気持ちのままに小さく駆け出した。

誰も知らないその手紙の文面を心で諳《そら》んじて、心に封じ込めて生きていこうと決めた気持ちを露わにしたことを、少し恥じた。

けれど、大切な何かを私は守り生きていくのだという誇りにも包まれる。

私は、冬の陽光の祝福を受ける。その恋が永遠に実らないことの悲しさを超える喜びが、この瞬間の私にはある。

あの手紙をあの人が読んでいる。私の想いのすべてを。恋心の告白を。

こんなにちっぽけな私をこの世界から探し出し、歌という目標を掲げて、ともに闘ってくれて、ありがとう。

感謝だけを捧げるその人への愛情が、私の存在する理由だった。でも、恋をした十五歳年上のその人は、エイベックスの創業者で、専務で、私のプロデューサー。

叶うはずのない絶望の恋。

けれど、今、私はその人の傍らで歌うことができる。

私には、それだけで十分だった。

第三章　Mと歩む

手紙に書いた詞は、秘めた心の解放のようなもの、だった。

傘を広げ、その下でじっと目を閉じて雨音だけを聴いていた少女が、その傘を投げて雨の中へ駆け出していき、水たまりにジャンプしてしずくの織りなす音に合わせ歌い出すように、爽快で楽しげで。そんなふうに心を解き放ったことを後悔していない自分に、私は少し驚いていた。

雨の冷たさや濡れた服の始末など大きな問題ではない。私にとって一番重要なことは、自分にだけは嘘をつかない、ということだった。

二通目の手紙を専務に渡した後、私の心は揺れた。いよいよレコーディングがはじまるというのに、想いが募り、一日何度も呼吸を整えた。その人への想いが、湧き出してこぼれ落ちそうになる時、私は怖くなり、呪文のようにこう唱えるようになっていた。

この恋は、一時の熱病のようなもの。時間が過ぎれば浮かされていたことすら忘れてしまうはず。

その人と私を隔てる壁が余りにも高いので、ムキになって熱中しているだけ。

でも、そんなふうに思えば思うほど、真実が私を追いかけてきて羽交い締めにする。

やがて、組み伏せられて、降参するしかなかった。

心からこんなに人を想ったことがないんです、と認める以外になかった。

でも、それ以上を私が求めるはずもないんです、本当です。だって、エイベックスの専務で私のプロデューサーでもあるその人に、この歌詞が私の本心なんです、と投げかけたら、きっとすべてがストップしてしまうから。お前、そんなことでプロと言えるのか、勘違いもいい加減にしろ、とあきれられてしまうから。

空想の〝雨の中のダンス〟は、私の一人遊び。あの手紙は、誰も知らない自分だけの心の拠り所。そうやって、揺れに揺れた心の平衡を保っておいたので、数日後、専務から電話が入っても、私はうろたえることがなかった。

「はい」と電話に出て、その次の言葉を待つことができた。平静に、穏やかに。

「昨日、詞を読んだ。これも良かったよ、凄く良かった」

「そうですか、良かった」

少し間があって、ドキリとして、でも私は待った、次の言葉を。

「デビュー曲、あの歌でいくことに決めたから」

私は、その言葉を聞いて沈黙した。

ああ、本当に嬉しいです、だって、あの歌詞は、私にとって特別なものだから。大切な、嘘のない、真実の気持ちです。

数秒の沈黙は、胸の奥でそう言葉を発する時間だった。現実には部屋の真ん中で一人、九十度に腰を折って深く頭を下げていた。

「はいっ、ありがとうございます」

その人に、一度きりのラブレターだと気付かれずに済んだことにほっとしていた。なのに、そうだ、と私は気付く。

本当は、声をあげて泣きたいくらい悲しいんだよ。

レコーディングの準備がはじまり、慌ただしさを増した時間の中で、私は歌うことだけに気持ちを集中して、完成したデビュー曲の「poker face」をボーカル・トレーナーとともに歌い上げていった。

自分でもまとまりのつかない、いくつかの感情、いくつかの場面、いくつかの出来事は、誰にも見せることがないノートに綴り、書き溜めて、歌詞へと変えていく。だから、秘めた恋が初めてのレコーディングになんの影響も与えていない、と言い切れた。

生まれくる新たな音楽とアーティストへの途轍《とてつ》もない熱情が、私に与えられ注がれることなど想像もしていなかった頃、私は片意地を張り、頑固で、一人だった。レコーディングがはじまる今は、こんなふうに思う。私をデビューさせるために力を尽くす人たちのために、決して折れない心を持ち、自分を曲げず、唯一無二の人になりたい、そのために全力で歌います、と。

私は、そうできるよね。私にその力を与えてね。

心の中で話しかけた相手はおばあちゃんだった。

CDデビューが決まった頃、体調を崩したおばあちゃんは、生まれ故郷の福岡へ帰っていた。最初は東京の病院に通っていたのだけれど、病状が進むと入院することになって、それなら親族や古くからの友人がいる福岡がいいわ、と言って、帰郷したのだ。

「あゆちゃん、ごめんね、こんなに大事な時に。でも、おばあちゃん、病気が治ったら、またあゆちゃんの側に戻ってくるからね」

「うん、早く良くなって。あゆ、待ってるから」

入院の時には福岡へ付き添って、おばあちゃんの手を握って、地元はいいね、落ち着くね、と話しながら、その日のうちに東京へ戻らなければならなかった。

別れ際、私は、東京へ行くね、でもまたすぐに会いに来るよ、と言って、でも、その後は電話で話すことしかできなくなっていた。

デビューの日が決まったよ。エイベックスと契約ができたよ。あゆ、詞を書いているんだよ。デビュー曲が決まったよ。この曲を早くおばあちゃんに聴かせたいよ。

電話で伝えると、そう、良かったね、あゆちゃん、頑張っているね、でも体に気を付けてね、と笑いながら答えてくれた。

本当は気がかりで、福岡へ戻って、おばあちゃんが寝ているベッドの脇にずっといたかった。でも、私にはやるべきことがあった。レコーディングの準備は万端で、何人もの人たちが私のために膨大な量の仕事をしていた。

一九九八年に入ると、すぐに「poker face」のレコーディングがはじまった。作曲は専務が最も信頼するソングライターの星野靖彦さん。デモテープに入っている曲はすべて星野さんの曲で、それらは数十曲の中から、選び抜かれた曲だった。

港区三田にあるエイベックスのレコーディングスタジオは、未来都市の建築物のように整然としている。ブースのドアが重く分厚くて、私は思わず、巨大潜水艦の扉って、こんな感じかな、とぼんやり考えていた。

「じゃあ、とにかくブースに入って一度歌ってみようか」

そう言ったのはミュージシャンでカリスマ・アレンジャーの鈴木直人さん。専務も、星野さんも、その日はいなかった。

前日にあった専務からの電話で「レコーディングは鈴木さんに任せれば大丈夫だから」と伝えられていたので、不安になることはなかった。

ガラスで仕切られた大きな機材があるコントロール・ルームで、エンジニアと呼ばれる人の隣にいる鈴木さんは、物静かな人で、素敵なシャツを着ている。

ブースに入って扉を閉めると、ぐっと体を押されるように空気の圧力を感じ、思わず肩をすくめた。完全防音のブースは音のない場所で、そこは私だけの宇宙。そこにいると、地上がどんなにたくさんの音で溢れかえっているかが分かる。

しーんという無音に包まれた空間で、目の前の譜面台にかけられていたヘッドホンを耳に当てると、すぐに「poker face」の前奏が流れ出した。慌てた私は、ヘッドホンに手を置いて歌い出したのだけれど、ヘッドホンの中で、鈴木さんの声がする。

「ん？　歌が聞こえない。何してるの!?」

ブースのどこでどうやって歌っていいかも知らなかった私は、マイクを背にして立っていた。本格的なレコーディングスタジオで歌うのは初めてで、私はそこでの振る舞い方を何一つ知らなかった。重い扉を慣れた手つきで開けてブースに入ってきた鈴木さんは、私をマイクの前に連れていき、身長にマイクを合わせ、ヘッドホンを確認すると、コントロール・ルームに戻り、何事もなかったように、レコーディングが再開された。

いつだって泣く位簡単だけど 笑っていたい

あなたの愛が欲しいよ

ホントの自分の姿が少しずつぼやけ出してる
押し寄せる人波の中 答え出せないまま探していた
ウソや言い訳 上手になる程 むなしさに恐くなるよ

いつだって泣く位簡単だけど 笑っていたい
強がってたら優しささえ 忘れちゃうから素直になりたい
あなたの愛が欲しいよ

何度か歌い終わって、レコーディングされた自分の歌を鈴木さんと一緒に聴いて、私はただびっくりしていた。自分の歌声を自分の耳で初めて聴いて、私ってこんなに変な声なんだ、って、ショックを受けていた。

これが私の声なの!? 私ってこんな声なの!?

自分の想像だと、もっとちゃんと美しい声で、もっとちゃんと歌えていたのに、現実とのギャップが大きすぎる。

「これがCDになるんですか？」

と、鈴木さんに聞くと、腕を組んだ彼は、首を横に振った。

「いや、何度も録りなおすし、エディティングという音を整える作業をするよ」

私は、この音じゃなく、綺麗にしてからの音を専務が聴くといいなぁ、と思っていた。


次の日も、その次の日もスタジオに入って歌って、鈴木さんと聴いて、また歌って、CDが完成してショップに並ぶ日を想像していたその時、私の世界の一部が消えた。

おばあちゃんが、福岡の病院で亡くなったのだ。母と親戚に看取られて息を引き取ったと母から電話を受けた私は、街の雑踏の中で動けなくなって、その場所で、空を見上げて、側にいられなくてごめんね、とおばあちゃんに謝った。すぐに飛んでいって、その顔に触りたい。毎日そうしていたように、その首に抱きついてハグしたい。でも、今はそうできないの、ごめんね、おばあちゃん。

その日もスタジオへ入ることになっていた私は、母に今すぐには福岡へ行けないと電話で伝え、そこからタクシーに乗ってスタジオへ向かった。専務にも、鈴木さんにも、誰にもおばあちゃんの死を告げることなく、普通の顔でマイクの前に立った。

私は「poker face」を歌い続ける。心を鎮め、歌にだけ集中した。そうしなければ、その場に崩れ落ち、声をあげて泣いてしまうから。


私は、自分を不幸だと思ったことなんてなかった。四歳から父親と会っていないことも、自分の人生を送る母が幼い私と一緒に暮らさなかったことも、高校をやめたことも、不幸せの口実になんてしたことがない。

ただ、自分は人とは違うのだと感じていた。茶色の髪がカールして人目を引くことも、目が大きく色が白くて外国人のようだと言われることも、博多の街中でスカウトされ小学生モデルになったことも、すべてが自分と向き合うきっかけだった。誰かの真似をすることも、誰かに真似されることもない人生。それを実感して歳を重ねた。

そんな私を、いつも、大好きだよ、と言ってくれたおばあちゃんの愛情が私を育ててくれた。そして、おばあちゃんを思う心が、私を芸能界へ向かわせた。小学生でも、中学生でも、仕事をしてお金を稼ぎ、家計を支えることは、私の自然な役目だった。

父親のいない家庭を寂しいと思った記憶もないし、大人の男の人を頼ろうと思ったこともない。だって、私にはおばあちゃんがいるから。

おばあちゃんは、東京でアイドル女優になる私のために、本当は離れたくない福岡から上京して、不慣れな生活を送ることも、なんでもないよ、だってあゆちゃんのためだもの、と笑ってくれた。

毎夜、年齢をごまかして、ディスコやクラブに出入りをして、将来に夢や希望を持てない自分ですら、おばあちゃんの愛情に包まれている自信があって、その愛情と同じくらいおばあちゃんを愛する自分は強くなれた。


お葬式があるので一日休みをください、と専務に告げて、福岡へ帰り、おばあちゃんに会って、その日のうちに東京へ戻って、翌日からまたスタジオに入った。

専務は、大丈夫か、数日休めよ、と声をかけてくれたが、私は大丈夫です、と断って、デビュー曲完成というゴールを目指す。

こまかなエディティングが繰り返され、ついにデビュー曲はＣＤになるまでに仕上がった。

「これからはジャケット撮影をし、ミュージックビデオを作り上げる。これまでにないプロモーションを仕掛けていくからな」

私は髪型やメイクや洋服を変えていった。髪を顎のラインで切り揃え、少年のようなシンプルなメイクで、カメラの前に立った。

私の知らない何十人もの人たちが、浜崎あゆみの周りで動いている。その中心にいて、あらゆる指示を出すのが専務だった。

深夜の撮影が終わり、専務の車で帰る途中、ドライバーと三人だけの車内で、専務にだけ聞きとれる声で、私はこう聞いた。

「……あゆで、大丈夫でしょうか」

前を向いたまま、その人は言った。

「大丈夫だよ、俺を信じろ」

今度は左にいる私の方を向き、目を見て言った。

「俺がお前をスターにするよ。これまでの誰とも違うスーパースターに」

たった一年で、こんなにも大きな変化を遂げた私は、この先どこへ行くのか……。

分かっていることは、目の前にいる人と芸能界という戦場を走り切ること。

「……はい」

出会った頃とずいぶん変わった私のことを、専務がどう思っているのか聞きたかったがやめて、その質問を飲み込んだ。

「あゆ、詞は書いているよね。四月から二ヶ月毎にシングルを出す予定だから、早く完成させて持ってこい」

「あ、分かりました」

ノートには、あなたへのラブレターが何通もたまっていますよ。それを何通もいっぺんに、あなたに読んでもらえるんですね。

その夜、うきうきとして便箋に書き写した歌詞は十編にもなって、その便箋の束を受け取る専務の顔を想像した。

実際に受け取った時の専務の顔は驚くほど無表情で、そうです、これは仕事です、と背筋を伸ばした。

その数日後、次のシングルに「YOU」が選ばれたことをスタッフから聞いた私は、このラブレター、自分でも好きです、と呟いた。

君のその横顔が
悲しい程キレイで
何ひとつ言葉かけられなくて
気付けば涙あふれてる
きっとみんなが思っているよりずっと
キズついてたね 疲れていたね
気付かずにいてごめんね

春の風包まれて 遥かな夢描いて
夏の雲途切れては 消えていった
秋の空切なくて 冬の海冷たくて
夢中になっていく程 時は経っていたね

たくさんの出来事を
くぐり抜けてきたんだ

そして今ココにいる君の事
誇りに思う いつの日も
人ってきっと言葉にならない様な
思い出だとか 気持ちを抱え
そうして生きていくんだね

遠回りばかりして疲れる時もあるね
だけど最後にたどり着く場所って…
そばにいるだけでただ 心が癒されてく
そんな支えにいつか なりたいと願うよ

春の風包まれて 遥かな夢描いて
夏の雲途切れては 消えていった
秋の空切なくて 冬の海冷たくて
夢中になっていく程 時は経っていたね

「poker face」のレコーディングが終わった頃、私は中野の家を出た。スタジオに近いところに住みたくて、恵比寿の高層マンションにメイと暮らすことになった。そのマンションの広い部屋は専務のもので、ペットの熱帯魚がいるだけだから、そこに住めばいいよと、改装を手配し、鍵を付け替えて、準備してくれた。

「でも、熱帯魚の世話だけは頼むよ」

毎日、朝からレコーディングや撮影に追われる私に代わって、水槽の掃除をしたり、魚たちに餌をやったりするのはメイの役目だった。

「今日も一匹、天国へ旅立ったわ」

熱帯魚が減っていることを、専務には言えなかった。

ある晩遅く、ドアを開けるとメイが、大変だよ、今日知り合いから聞いたんだけど、と駆け寄って早口で話し出した。

「松浦さん、離婚したんだって、正式に。もう社内では知られているみたいだよ」

「ふーん」

私は動揺を隠して関心がないような素振りをして、自分の部屋に入った。嬉しい、という感情とはまったく違っていたけれど、専務が独身に戻った事実には、どきどきしていた。

でも、きっと、一人に戻って、ずっと隣にいるあの人と、結婚するんだろうな。

悲しい、という気分とは別な、諦めに似た気持ちが全身を支配して、私は、ふぅ、と大きく息を吐いた。


デビューを目前にした私は、スタッフの用意したタイムテーブルに従い、メディア出演やプロモーションに駆け回る。専務とゆっくり話す時間もなく時を過ごしていて、スタッフから伝え聞く話で、私は専務の異変を感じるようになっていた。

この頃、専務の周りには様々なことが起きていた。いくつかの出来事があって、専務は、いつも緊張で張り詰めていた。その原因は、私だった。きっとそうだ。

プロモーションに躍起になる専務は、エイベックスの社員やテレビ局のプロデューサーや宣伝の会社の人たちに、なぜもっとできない、なぜもっとやらない、と罵声を浴びせるのだという。タイアップの本数や、メディアで曲がかかる回数や、歌番組への出演や、そうしたことに猛烈にこだわって、決して満足しなかった。

ある晩、ヴェルファーレのVIPルームで、歌番組のプロデューサーが感想を聞かれ、「松浦さんのプロデュースですが、今度ばかりは見込み違いじゃないですか。浜崎あゆみは、人気が出ない。あの歌じゃ無理だと思いますよ」と告げると、次の瞬間、専務がそのプロデューサーに飛びかかり、殴りかかる寸前で押さえられたのだという。

私の前ではいつもと変わらない専務の、激情。それはもしかしたら、私のせいなのかも知れない。歌も下手で、パフォーマンスも幼くて、インタビュー取材でのコメントも冴えない。そんな私へのフラストレーションが、スタッフに向いているのかも知れない。

そして……。私のこの感情こそが、その人を苛々させているのかも知れない。おばあちゃんを失ってから、私のその人への愛情は、想像を超えて大きくなっていった。その人を見つめる瞳や、詞の名を借りたラブレターや、どんなことも頼ってしまう態度や、それらが鬱陶しくて煩わしくて、もう浜崎あゆみを手放したい、と思っているのかも知れない。

私は、荒れていく専務の生活を思い、できることをしなければ、と思っていた。私たちは、それまで深い会話をしたことがなくて、私も専務も、気持ちを露わにしたことがない。だから、電話では無理で、文字で書くことにした。詞ではない、本当の手紙を。

《専務へ
一生、隠しておこうと決めていた想いですが、告白します。
あなたが好きです。
ヴェルファーレで出会った時から、ずっと好きです。あなたが好きだから、私は歌手になったのだと思います。あなたが好きだから、どんなこともめげずに頑張ってこられたんだと思います。今こうして、歌手としてデビューしようとしていることへの感謝を、一生忘れません。尊敬する専務に恋をしたことは私のプライドです。もちろん、あなたにとって私はプライベートな意味で必要な人間でないとも分かっています。私は、あなたから愛されることはないでしょう。だから、今日限り、あなたを諦めます。ここから、あなたがこの世界に生み出したアーティスト浜崎あゆみは、プロデューサー max matsuura と歩んでいきます。

なので、どうか、私を導くことをやめないでください。浜崎あゆみを見捨てないでください。
全力で歌うことを誓います。専務が自慢できる歌手になります。どうか信じてください。

濱崎歩》

本名で綴った短い手紙をすぐに読んで欲しかった私は、専務のプライベートルームのＦＡＸへ送信することを思いついた。送信トレイにセットし、番号をプッシュした。ピィーというトーンに切り替わり、ガタガタと手紙が吸い込まれていくと、私の恋が終わった、という悲しさが胸に湧き起こる。でも、これでいいんだ、これで。そう思いながら、送信が終わると膝を折って座り、泣いた。その膝に顔を付けるようにして。泣きながら、心の中で叫んでいた。

あなたへのラブレターを書き続けることは許してください。これから私の書く詞のすべてが、あなたへの想いであっても、どうかそれは見過ごしてください。

自分が書いた詞のすべてが専務に宛てたものであることを、誰かに話す日が来るのだろうか。遠い未来にそうできたら良いな、と私は思った。この恋は、これから起こるどんな事象にも左右されることがないはずだから。

翌朝、腫れた瞼を鏡の中に見て、しまった、大変だ、今日も撮影があるのに、と熱い蒸しタオルで目を押さえながら、ふと見たＦＡＸの受信トレイに一枚の紙があるのを見つけ、私は息を呑んだ。もしかしたら、専務からの返信だろうか、まさかね、と手に取ると、名前はなかったけれど、明らかに専務の個性的な字だった。

《あゆへ
俺はお前にとって本当に必要な人間かどうかは分からない。でも、俺にとってお前が必要なんだ。だから、俺は決断した。お前の手紙を読んだから決めたことじゃない。
俺自身が下した決断だ。》

私は専務の決断がなんなのか、意味を測りかねていた。すると、その日の午後、専務からの電話で、こう告げられた。

「明日、中野のマンションに行く。お母さんと一緒に待っていて欲しい」

仕事が終わると中野のマンションに泊まって、母と専務の到着を待っていた。お昼を過ぎた頃、ドスドスドスドスという怪物が歩くような耳をつんざく音が聞こえてきて、窓から覗くとエントランスの前に専務の赤いフェラーリが停まっていた。ドアを開けた専務がマンションに入る姿が見えて、私と母は立ち上がって、玄関の前で待った。

お前が必要だ、というFAXの文字が目の前にちらついて、私は小さく頭を振った。チャイムが鳴って、私がドアを開けると、スーツを着た専務が立っていた。そして、私には目もくれず、私の後ろに立つ母に一礼すると、こう言った。

「あゆみさんと付き合っています。真剣です」

「…………」

母も私も、声を出せぬまま、その言葉に立ち尽くす。

「あゆ、一緒に出られるか」

専務は母に、また頭を下げ、私がジャケットを羽織り、靴を履くのを待たずに階下へ降りていった。

エントランスの前で再びエンジンがかかり、その騒音に、周りの人がぎょっとして視線を向けている。

「あゆ、早く乗って」

「あ、はい」

私は重いドアを両手で持ってようやく開けて、黒いシートに体を預けた。

「あゆ、シートベルト」

「えっ……」

どこに何が付いているのか、見回しても分からず、探せない私を見ると、専務が運転席から降りて助手席のドアに回り、私のシートベルトを締めて、また運転席に戻り、怪物は走り出した。

ラジオもCDも流れていない車内にはエンジンの爆音だけが響いている。首都高に乗って、フロントガラスに空港から飛び立つ飛行機が見えて、私が向かっているのは一度ドライブに連れていってもらった横浜だ、と想像ができた。

押し黙っている専務の横顔をこっそり見ながら、母への専務の一言が頭の中で繰り返し回っていた。付き合っているって、誰が？　私と専務が付き合っているって、なんのこと？　でも、そんなこととても聞き返せないし、押し黙るしかない。

高速道路を降りて向かったのは小高い住宅街で、専務は大きなガレージの門扉を開け、その中にフェラーリを滑り込ませた。車を降りる専務に付いていくと、「ただいま」という一言で、そこが専務の実家だと分かった。

ドアが開いて、立っていたのは専務のお母さん。

「こちら、浜崎あゆみさん。もうすぐうちからデビューする歌手で、俺の彼女」

「まあ、そうなの。勝人の彼女さん。どうぞ、早く上がって」

「浜崎です、はじめまして」

一言だけ言って、後はお茶やお菓子を出してくれた専務のお母さんの話を聞いた。お母さんは、私が緊張しないようにと専務の子供の頃のことをたくさん話してくれた。

夕刻に専務のお父さんが帰宅すると、私たちは四人で食卓を囲んだ。専務のご両親の笑顔と優しさが、幸福な家庭を物語っている。こんなにもあたたかい家庭に専務は生まれたのだ。そう知って、胸がいっぱいになった。

横浜からの帰り道、私たちは以前、訪れた公園に寄った。夜の横浜の海を見ながら、専務は私の手を握った。出会ってから初めて、私はその人に触れた。

「あゆ、俺と付き合って欲しい」

なんの前触れもなく専務が言った言葉に、私は泣き出していた。

「あの時の彼女とは別れたよ」

それが、私の送ったＦＡＸの答えなの？　そう考えていると、その人が私に贈った言葉が繰り返される。

「俺にはあゆが必要なんだよ。仕事なんかじゃない、俺の人生に、あゆが必要なんだ」

「あゆなんかで、いいんですか」

俯《うつむ》きながら話す私の体に、その人が両手を回した。あたたかさが近寄ってきて、すぐにきつく抱きしめられると、頭の少し上から声が聞こえる。

「好きだ。いつの間にか好きになっていた」

その人に抱きすくめられた私は、目に見えない永遠の時間や愛という名の力、そして出会いの奇跡を信じることができた。

恵比寿の部屋に帰った私は、その夜一編の詞を書いた。専務から送られたＦＡＸの文字を何度も目で追いながら。

赤い糸なんて信じてなかった
運命はつかむものだと思った
はやすぎる速度で取り巻く
世界にはいつしか疲れて
愛情を救いの手も求め続けたけど

届きたい　いつか私は私に
あなたから見つけてもらえた瞬間
あの日から強くなれる気がしてた
自分を誇ることできるから
あきらめるなんてもうしたくなくて
じゃまする過去達に手を振ったよ

初めて私に教えてくれたね
何が一番大切かを

迷ったりもしたそばにいることを
誰かキズついてしまう気がしてた
本当の優しさどこかで
間違って覚えていたんだ
周りばかり気にするのは　もう終わりにしよう

口びるにすこし近付き始める
永遠なんて見たことないけど
今のふたりなら信じられるハズ
もうひとりぼっちじゃないから
恋が皆いつか終わるわけじゃない
長い夜もやがて明ける様に

自分を信じて ひとつ踏み出して
歩いていけそうな気がするよ

届きたい いつか私は私に
あなたから見つけてもらえた瞬間
あの日から強くなれる気がしてた
自分を誇ることできるから
あきらめるなんてもうしたくなくて
じゃまする過去達に手を振ったよ
初めて私に教えてくれたね
何が一番大切かを

第四章　Mを信じる

専務が突然中野の家にやってきて、母に私との交際を宣言した。そのまま横浜に連れていかれ、そこに暮らす専務のご両親に紹介されて、初めてお互いの手に触れ、抱きしめられて、帰りの車の中でキスをしたあの日。あの日から、専務は二人に分かれ、私の中に存在した。

これまで通りプロデューサーとして、デビューする私のCDをヒットさせようとする専務と、一緒に暮らそうと言ってくれ、毎晩必ず「おやすみ」の電話をくれる専務。私はその二人の専務が大好きで、ベッドに横になることもできず、髪をドライヤーで乾かす時間がないくらい忙しくても、会う時間がなくても、寂しくはなかった。

私の周りの知らない人たちは、CDが完成してからはさらに増えていった。エイベックスのスタッフ・グループ、マネージャーさんはチーフとセカンドと二人いて、それにスタイリストさん、ヘアメイクさん、ドライバーさん。常に十人くらいの人たちが、私と同じ時間、つまり一日のうち二十時間くらい起きて働いていた。

グラビア撮影やミュージックビデオ撮影の時には、その人数が二倍、三倍にも増える。人の輪の一番遠いところに、専務の姿を見つけると、私は大きく背伸びをするふりをして、その指先で合図した。すぐに姿が消えていて、またいつ会えるか分からなかったけれど、一日に一度、短い電話で声を聞けば、私の心はそれだけで瑞々しさを取り戻した。

専務と同じように、私も二人の浜崎あゆみを生きている。一年のトレーニングを経てエイベックスと契約し、max matsuuraのプロデュースでＣＤデビューする新人歌手である私と、有名人で日本の音楽界の旗手である十五歳年上の恋人を持った十九歳の私、と。

こんな人生を想像したこともなかった私は、時々混乱して、これが現実なの？　真実なの？　と焦り、このままずっと幸福な時間が続くはずがないと恐ろしくなって、黙り込むこともあった。そんな時、私の様子に気付いた専務は、必ずこう言った。

「俺を信じろ」と。私は陽気に、はい、と返事をして、目の前のスケジュールに没頭していった。そして、ついに、専務と私はあの日を迎えた。

一九九八年四月八日。私のデビューは、専務とエイベックスのスタッフによって仕掛けられたプロモーションに彩られ、たくさんのメディアで華やかに飾られた。

激動の日々の中、車移動の短い時間、私は車の後部座席でノートを開き、詞を書いた。

専務、私頑張ります。あなたの夢になれるよう、あなたの喜びになれるよう、あなたが私を誇りに思い、毅然としていられるよう、頑張ります。いつか私も、あなたを守れるような存在になりたい。いいえ、いつかそうなります、その日まで待っていてください。

心の中で専務にそう語りかけると、瞬く間に詞が完成していた。

いちばんに言いたい言葉だけ言えなくて
この歌をうたっているのかも知れない

夢に見た幸せは

つかむまでが一番いい
手に入れてしまえば今度は
失う怖さ襲うから

だからって 割り切れる位
人間ってカンタンでもない

誰もがキズを持って
いるから時に優しさが
しみてきて とても痛くって
泣き出しそうになったりする

寂しさが自分を繕う
ひとりきりなりたくないから
私にはあなたがいるから

平気と思って眠りに着きたい

いつの日か言いたい言葉だけ言えそうで
歌をうたい続けて行くのかも知れない
いちばんに聞きたい言葉だけ聞けなくて
人を好きになったりするのかも知れない
いつの日か言いたい言葉だけ言えそうで
歌をうたい続けて行くのかも知れない
いちばんに聞きたい言葉だけ聞けなくて
人を好きになったりするのかも知れない

専務の部屋の改装を待ち、私はひっそりと青山のマンションへの引っ越しを済ませた。恵比寿の部屋にはそのままメイが住んでいたので、私は身の回りのものと少しの服を運べば良かった。

完成した部屋には、私のためのクローゼットやドレッサールームがあって、新しい家具が入れられたリビングやベッドルームは身の置き場に困るほど広くて、部屋の中をうろうろ歩く私を専務は、子犬みたいだと声をあげて笑った。

専務の部屋には、スタジオが作られていて、レコーディングのための機材がすべて揃っていた。音源を聴くオーディオは見たこともない大きなセットで、「ここであゆのための楽曲を選んでいたんだよ、今は別の作曲家の曲も集めて聴いているところ」と、いつか私が詞を付けることになる曲だけのテープを聴かせてくれた。

「あゆは、ここで俺がやることをすべて見ればいいよ。どうやって楽曲を作り上げていくのか、俺の仕事を見ればいい。あゆなら、いつか自分で自分をプロデュースすることができるよ」

「はい、やってみたいです」

その日から、そこにある機材の使い方を専務に習った私は、未来に私が歌うかも知れない曲たちのメロディーを、時間を忘れ聴き続けた。

デビュー直後で、引っ越してもほとんど一緒に過ごすことができない私たちは、丸一日の休みを取る、という大きな目標を立てた。

スケジュールをやりくりし、休みが取れたのは二ヶ月後。それも夕方から次の朝までの短い時間だったが、私たちは横浜のみなとみらいの海に浮かぶヨットの帆のようなホテルへ出掛け、マネージャーも秘書もいない、本当に二人きりの時間を過ごした。

私たちは出会いからの出来事を笑いながら語り合った。何時間も、薄暮《はくぼ》の時間を超えて紫色に暮れていく夏の海を眺めながら。

専務は、目の前に現れた十七歳の私にふと煌めきを感じたこと、歌手にしようと思った私への感情が日に日に変化して、自分でも本当に戸惑っていたことを、言葉少なに話してくれた。

私は、ニューヨークでの地獄のレッスンと寂しさと、突然ホテルにやってきてプラダのコートを買ってもらった時の喜びと、絶対に売れない、ヒットする声じゃない、大衆受けする顔じゃないよ、と周囲からデビューを反対された時にテーブルの下で拳を握ってくれたことの幸福を、専務と同じくらい少ない言葉で伝えていた。

大きなベッドに脚を投げ出して座って、手を固くつなぎ合った私たちは、この秘密を背負うことの重さに耐えなければならない、と思い、どちらともなく黙った。

もし、二人が恋人であることがマスコミに知れたら。もしここにこうして二人でいることが世間に知れたら。それがどんなに純粋な想いであっても、汚れなんてどこにもありません、本当です、と神様に誓えても、許されるはずがなかった。人々は好奇の目でしか見ない。マスコミは、三十代のレコード会社重役と十代の歌手のあられもない恋愛沙汰だとスキャンダラスに書き立てるだろう。そうに決まっている。私の横で黙っている専務は、私の何百倍もその重圧を背負っているはずだった。

好きになってしまって、ごめんなさい。泣きそうになって言った私の肩を左腕で抱いた専務は、右手で私の右手を握り、そして、私の名前を呼んだ。

「あゆ……」

「はい」

「俺の手を、この手を離すなよ」

私たちは無言のまま抱き合って、その夜を過ごした。

隣で寝ているその人の手を、私は一晩中離さなかった。そうしながら、幼い頃の忘れられない記憶が蘇って、恐怖で体が縮み、また目を開けてその人を見た。

三歳の頃、父親が、私を海の突堤に連れていったことがあった。釣りなのか、散歩なのか、そこまでは覚えていないけれど、母やおばあちゃんの姿はなく、二人だけだった。突堤にごろごろと置かれたテトラポッドの上に立った光景は今でも覚えている。福岡のうららかな海と、その海との境目が曖昧な水色の空。次の瞬間、私は海中にいて、ぶくぶくともがいていた。父親の手が、私の手からするりと抜けて離れる感触が、息のできない苦しさより、怖かった。

記憶はそこまでで、その後のことは覚えていない。私は生きて、ここにいるのだから、溺れることなく助けられて家に帰ったのだろう。ただ、手が離れていく瞬間のあの感覚は、十五年が過ぎても消去されることがない。

父親の記憶は、もうひとつある。保育園に通っていた頃、私は、森の動物の童話を朗読するカセットテープを繰り返し聞いていた。ラベルのはげ落ちた黄色いカセットテープ。そこから流れる森の動物たちの楽しそうな物語をいつものように聞いていた。ある日、クラクションの音がして、私はカセットテープの声から離れて窓の外を眺めた。視界に映ったのは、ボストンバッグを手にした父親と、離れて、立っているだけの母。私はまたカセットテープの前に戻り、動物たちの会話を聞いた、終わったら最初から、そしてもう一度。

その翌日から、父親の姿は見えなくなった、二度と。母とその後一緒に住むおばあちゃんは、最初から三人だけの家族のように振る舞ったので、私も父親のことを話したり、聞いたりすることをしなかった。

私の手を離し、私の前から去っていった人が残した痣《あざ》が、時々疼き、私を怖がらせる。でも、これからはもう怖くない。だって、手を離すなよ、と言って、こんなにもきつく握ってくれる人が、私にはいるのだから。

心が落ち着いて、滑らかになっていく。眠るのがもったいない。

その人を起こさないよう、ベッドから抜け出した私は、バッグの底の方にあるノートを取り出し、窓際のソファーに座って海を見ながら、罫線にそってペンをすべらせた。

あなたがもし旅立つ

その日が　いつか来たら
そこからふたりで始めよう

目指してたゴールに届きそうな時
本当はまだ遠いこと気付いたの？
一体どこまで行けばいいのか
終わりのない日々をどうするの？

ずっと飛び続けて　疲れたなら
羽根休めていいから
私はここにいるよ

あなたがもし旅立つ
その日が　いつか来たら
そこからふたりで始めよう

一筋の光を信じてみるの？
それとも暗闇に怯えるの？

ずっと飛び続けた翼がもう
はばたけずに いるなら
私があたためるよ

あなたのこと必要と
している人はきっと
必ずひとりはいるから
あなたが必要とする
人ならいつもきっと
隣で笑っているから

ずっと飛び続けて 疲れたなら
羽根休めていいから
私はここにいるよ

いつかは皆旅立つ
その日がきっと来るね
全てを捨ててもいい程
これから始まって行く
ふたりの物語は
不安と希望に満ちてる

翌朝、ルームサービスで朝食をとりながら、私は専務に聞いた。

「あの……今日からマサって、呼んでいいですか？」

「うん？　マサ!?」

眠れないまま、ベイブリッジの先の水平線から上がり、海をオレンジに染める朝陽を見ながら考えた呼び名で、なかなか良いと気に入っていた。

「ダメですか？」

「俺はなんでもいいよ、あゆがいいなら」

そして、専務からマサになったその人は続けた。

「俺はただあゆの歌声が日本中に響き渡り、人々を虜《とりこ》にするために仕事をするだけだ。だから、あゆ、俺に付いてこい」

「はい！」

私たちは、お互いの心をひとつに重ね合い、エンターテインメントという大海での航海に出る。怖いものなど、何もなかった。


一緒に外出ができない私たちは、仕事以外の時間をほとんどマンションの部屋で過ごした。映画を観たり、熱帯魚の水槽を掃除したり、餌をあげたり。

私は家事もした。すべての部屋に掃除機をかけて、洗濯をして、その洗濯物をたたんで、クローゼットにきちんとしまった。

少し早く帰れた夜は、おばあちゃんから教わった料理を作って、マサに食べてもらうこともあった。お世辞なしに美味しいよ、と言われて、有頂天になって、マネージャーさんに料理の本を買ってもらって、仕事の合間にこっそり読んだ。

私の一番大切な役目は、なんといってもマサの洋服を決めること。毎日必ずジーンズやシャツやTシャツやジャケットを揃え、クローゼットの中に置いておく。それに合わせた靴も玄関に出しておいて、上から下まで、私のコーディネイトで出掛けるその人を想像するのが好きだった。

マサはどう思ったか知らないけれど、私のコーディネイトでマサのファッションは格段に進歩して、以前の何倍もかっこ良く見えた。

そして、マサのところへ集まる楽曲を一緒に聴いて、アレンジやミックスのことを学んだ。自分の楽曲になれば、猛烈に自分の意見も言って、アレンジの方法でマサと対立することもあった。対立すると、どっちも引かない。終いには喧嘩になって、マサが出ていくことも、私がメイのいる恵比寿へ行くこともあった。

ファーストシングル「poker face」、そしてセカンドシングル「YOU」は、マサが目指すヒットとは程遠いオリコン二十位。でも、「Trust」「For My Dear...」がついに九位になり、ベスト10入りした時にはスタッフもマネージャーさんも、みんなが手を取り合って飛び上がり、やったー、と叫んで喜んだ。

「Trust」が九位に入ったというニュースを聞いた時には、私自身、本当ですか、と何度も聞き返した。気が付くとマネージャーさんとエイベックスのスタッフがマンションに来ていて、電話したメイもやってきて、午前中からベスト10入りのプチ・パーティーをした。

マサは、九位に満足しているはずがなく、ここで喜んでいる場合なのか、俺たちが目指すゴールはどこなんだ、と、渋い顔をしていた。でも、上昇気流の兆しが見えて、私の心は爽快で、目を瞑ると、両翼を広げて高い空を目指す鳥たちの気持ちを想像していた。


私にとっては特別な日に、私たちはほんの数時間、一緒に過ごすことができた。真夜中だったけれど。

「あゆ、二十歳の誕生日、おめでとう」

マサから贈られたギフトは、私のためにデザインされた指輪だった。マサが薬指にはめてくれた指輪を、私は手を近づけたり、遠ざけたりして、眺めた。

「ありがとう！」

中央で光る大きなダイヤに目をやりながら、指輪の内側に刻まれたM to Aの文字に、細胞が粟立つほどの感激が湧き起こり、涙がこぼれた。

「マサ、大切にします。ありがとう」

私は彼の腕に自分の腕を回し、少し戯《おど》けて、いつか欲しいプレゼントがあるよ、と言って、彼の顔を見つめた。

「最高のシンガーになって、CDをたくさん聴いてもらって、コンサートツアーも成功させて、あゆはマサを喜ばせたい。でも、いつか、もう少し時間が経ったら、あゆはマサと、マサの子供たちのためだけに過ごすお母さんになりたい」

寝不足でふらふらになりながら仕事に出掛ける私を、黙って抱きしめるマサが、私を誰よりも大切にしてくれていることは疑いようがない。

もちろん、歌手としてデビューしたばかりで、結婚をして子供を産み、育てることなんか、簡単にはできるはずがないことも私は知っている。

私もマサも、ゴールなきレースを戦う〝戦士〟なのだから。こんな小さな成功で満足してはいけない世界にいるのだから。

でも、もし、いつか許される日が来たら、私は、マサと私の子供のためだけに歌う母になりたい。

マサは、頷くだけで、分かったとも、そうしよう、とも言わなかった。アーティストにできない約束はしない。それがmax matsuuraの鉄則だった。

私より、マサの方がずっと大変だね、ずっと苦しいよね。

そう心で呟いて、私は、シャンパンを飲みたい、と言った。ワインセラーから取り出したシャンパンの栓をマサが開け、グラスに注いでくれた。乾杯をして、指輪をした手でグラスを持ち、光にかざし、その中の気泡が踊る様子を、私は見た。

マサとずっと一緒にいられますように、と、願いながら。

これは体験しなければ分からないことだったのだけれど、CDが売れて話題になると、無名だった頃には知らなかった出来事に遭遇することになった。

二十歳になった私と、私にかかりっきりのマサ。その周囲は、壮絶に騒々しかった。

ひとつは、エイベックスの幹部スタッフやマサの秘書が、マサと私のことを聞きつけ交際に大反対していたこと。そしてもうひとつは、テレビ出演が増えて、私がバカだ、バカだ、と騒がれたこと、だった。

仲の良いエイベックスのスタッフがこっそり教えてくれたところによると、マサは親しい社員たちに私と付き合っていることを告げた、そうだ。ところが、反応は酷いもので、商品に手を付ける気ですか、恋愛と仕事をごちゃ混ぜにする気ですか、信じられない、反対だ、とマサに意見する人たちがほとんどだった。

「浜崎あゆみに入れ込みすぎだ」と批判する社員たちには、マサがこう啖呵《たんか》を切ったこともあったそうだ。

「お前たちのボーナス、ぜんぶ浜崎が稼ぎ出す。そんな日がすぐに来るんだよ。だから、文句は言わせない。仕事に恋愛を持ち込むなんてあり得ない」

恋愛に勝るパワーはない。

マサのそんな呟きを一、二度聞いたことがあって、私は勇気凜々だった。そして、世界を敵に回しても味方になってくれる人の想いに報いる方法を箇条書きにしてノートに書いた。

○歌がもっと上手くなること
○良い詞を書くこと
○私や私の音楽を必要としてくれる人をたくさん作ること
○CDをたくさん売ること
○賞を取ること
○どんなに忙しくても、会えなくても、文句を言わないこと

私や私の曲を必要としているファンの人たちは、CDの売上、オリコン順位の上昇とともに少しずつ増えていて、それを自分でも実感できたのだけれど、もちろん、アンチも存在していて、その人たちは、浜崎あゆみはバカだ、バカに見える、と言い切っていた。

バカに見えるのは、私のせい。舌っ足らずで幼い私の話し方のせいだし、鼻にかかった甘えたような声を嫌悪する人も多かったんだと思う。

子供の頃からの癖で、私は自分を「あゆ」と呼んでいる。テレビや雑誌の取材を受けた時、私は確かに「あゆはぁ」「あゆはねぇ」と言って、考え考え、自分の気持ち

を相手に伝えていた。

デビューの頃、メディアの取材を受ける前に、どうすればいいですか、と専務に聞くと、専務は、ありのままでいいよ、いつものあゆのまま答えれば良い、そう言ったので、私は真に受けて、本当にありのままで取材を受けて、母や専務やメイの前で話すのと同じように、「あゆはぁ」「あゆはねぇ」と、話し、答えていた。

すると、エイベックスの新人歌手・浜崎あゆみはバカなのか、と、ネットにコメントがアップされるようになった。顔は良いが頭が悪い、歌は上手いけどバカそう、黙っていれば可愛いのに喋ったらバカ丸出しで台無し、などなど、基本はいつも「バカ」にあった。

それに比例して、芸能ニュースが浜崎あゆみはバカなのか、と報じはじめる。バカだ、コギャルだ、中味がない、とそんなイメージは、破裂する直前の風船くらい張り詰めて大きくなっていた。

人って、会ったこともない人間のことをこんなふうに言うんだね。勝手にイメージして、それを真実みたいに語るんだね。そう独り言を言った後に、ふぅ、とため息をついて、隣に座るマサに私は話しかけた。

「バカって言われるのは、結局、あゆのせいだよね。こんな話し方だし、自分のこと『あゆ』って言うし、自業自得だね」

マサは、そう言った私の顔を見て、そんなこと気にするな、このままでいいんだから、と言った。

「あゆは等身大でいればいい。本物の浜崎あゆみでいればいいんだよ。作ってメッキをしてもそんなのすぐに剝がれてしまう。大丈夫、必ず世の中は気付くよ、あゆがバカじゃないってことに。唯一無二の存在だってことに」

もうすぐ、ニッポン放送の人気番組オールナイトニッポンでゲストパーソナリティをやるよ、とマサが言った。お笑いタレントさんの代役で、一度きりの深夜放送のラジオDJ。仕掛け人のマサが付けた「浜崎あゆみはバカじゃない！」っていうストレートなタイトルが、可笑《おか》しくて私は笑いころげた。笑う私に、マサは珍しく熱弁を振るう。

「大衆を惹きつけるエネルギーは正も負も必要で、振り幅が大きいほど遠心力が増す。そのことがこの番組で証明されるんだ」

テレビでは、私のオールナイトニッポンの番宣が流れていて、作詞家の秋元康さんが「浜崎あゆみはバカじゃないと思います」とコメントしていた。クールな秋元さんの言葉を聴いた私は、思わず「秋元さん、ありがとうございます！」と声に出して、少し笑って、やがて凜とした気持ちを抱いていた。

予言者のように言い放ったマサの自信に私は救われて、頑張りますと言って、当日を迎えた。

オンエアが終わったその後、マサの言葉通りになるなんて、私には想像も付かなかったのだけれど。

一九九八年十二月二十八日、深夜一時からの生放送。直前にマサが電話で言った言葉に勇気を貰って、私はマイクの前に座っていた。

「あゆは、自分の言葉でストレートに語れば良い。台本なんていらないくらいだ。思うまま話してこい。そうすればきっと、『あゆはバカだ』と言っている人たちの心に、まっすぐなあゆの想いが届くはずだから」

私は、マサのアドバイス通り、本当に素のままの自分で放送にのぞんだ。

「浜崎あゆみのオールナイトニッポン！」

FAXへのコメントも、街頭インタビューへの感想も台本なし。生電話でリスナーさんと話すコーナーでは、マサへの想いが吹き上げて、本当のことを話していた。

「高校を中退して、その後ふらふらしていた時にmax matsuuraに出会って、『歌下手だけど、声はいいなぁ』『レッスン行ってみろ』って言われて、『浜崎は何もできない』って、ずっと言われ続けてきたあゆに、max matsuraだけは『お前はできるよ』って言ってくれて、『お前は詞を書くことも歌を歌うこともできる』『お前には何かを感じる』って言ってくれた。あゆは、あゆに期待をしてくれる人に会ったのは初めてで、ショックを受けてしまった。これがたとえ、このおじさんの勘違いだとしても、あゆはできる限りのことをやってやろうと思って、この場所に辿り着いたんだよ」

って、四年間のことを、ありのままに言葉にした。

二時間喋り通しで、提供クレジットなんかも読んじゃったりして、午前三時に放送が終わって、私はマサが待っている部屋へ急いで戻った。

「マサ!?」

玄関を開けると、部屋が暖かく、彼がいることが分かった。

「聴いてた？」

「聴いてたよ」

「マサのこと、たくさん話しちゃった。おじさんって、言っちゃった」

「本当のことだろ、大丈夫だよ」

「話し方や内容、どうだったかな？」

「凄く良かったよ」

マサは、背中から抱きついた私の頭を右手でぽんぽんと撫でた。

「あの番組の中に本当のあゆがいた。いつものあゆがいたよ。今日のオンエアを聴いた人は、あゆを知って、あゆの曲を聴きたくなるはずだよ」

「そうかなぁ、そうならいいなぁ」

マサは胸にある高揚感をそのまま言葉にしているようだった。

「あゆは、ここから誰も知らない世界を自分の曲で作り上げていくんだよ。何年経っても、何歳になっても、懐メロ歌手なんかにはならない。いつも新しい表現で人を惹きつけていけよ。それを貫くんだ」

「そうだねぇ、そうできるよう頑張りたいなぁ」

オールナイトニッポンの後は大騒動だった。マサの付けたタイトル「浜崎あゆみはバカじゃない！」が、私の裏キャッチコピーになって、男子のファンだけじゃなく、女子のファンがたくさん手紙やメールをくれるようになって、それまで私が知らなかったコミュニティが誕生していった。

夢を持って頑張ります。私もあゆちゃんのように出会いを信じています。諦めなければ夢は叶うと教えてくれてありがとう。

そんなふうに送られてくるたくさんのメッセージに感激して、歌は自分のためだけにあるんじゃない、と思い知らされる。ああ、本当にありがたい。

こんな場所に、私を誘ってくれてありがとう、マサ。私は、揺るぎなく信じる力を持つあなたを、揺るぎなく信じています。

そんなマサへの想いを書いた詞を思い起こして、私はそれを諳んじた。

長かったよ もう少しで 凍えそうで目を閉じてた

Wow wow wow…

どれ位の想いが募って
どんな形の言葉でつづったなら
この気持ちが届くのかなんて
きっと誰にもわからない

けれど　あのヒトに伝えて下さい
〝揺るぎなく信じる力がここにはある〟と

長かったよ　もう少しで　凍えそうで目を閉じてた
誰にも気付かれないまま　楽しみにしていた季節は巡って行く

Wow wow wow…

今はココですべき事をして
平気になったら 笑えばいい

どうかあのヒトに伝えて下さい
〝遠くても近くても いつも隣にいる〟 と

長かったよ もう少しで 温かい日陽し浴びれる
ホントはグッとこらえてた 自分にだけは負けない様に
長かったよ もう少しで 温かい日陽し浴びれる
離れて過ごした時間が 淋しくなかったと言ったらウソになる

長かったね もうすぐだね 温かい日陽し浴びたい
ホントはグッとこらえてた 自分にだけは負けない様に
長かったね もうすぐだね 温かい日陽し浴びたい
一緒にいたいと願っていたのは 私だけじゃないと思うから

Wow wow wow...

十二月九日に発売された「Depend on you」がオリコン六位になり、「Trust」で「日本有線大賞」の新人賞をいただいて、私を巻き込む波のうねりが、急激に大きくなって、私の体は、私の想像する場所を遥かに超えて高いところへ運ばれるのかも知れない、と思うようになった。もちろん、映画みたいなシナリオで、成功の扉が開かれることを、私は願った。マサやスタッフや、楽曲のクリエイターたちのために。そして最後は、自分のために。大切な人と、大切な仲間と、一緒に笑いたかった。そのためになら、私は一年に一日も休みがないようなスケジュールを、この先だってこなしてみせる、と誓っていた。

一九九九年一月一日、私にとって初めてのアルバム「A song for ××」が発売された。このジャケット写真は私のお気に入りで、白いパーカーのフードをすっぽりと被って、少し上目遣いの私は、男の子みたいに見えた。

二ヶ月毎にシングルを発売して、そのプロモーションをしながら、完成させたアルバムが、オリコンチャート一位を獲得して、その後、百五十万枚を超えるセールスを記録することになる。

会社へ行くと、社員の人たちが拍手で私を出迎えてくれた。チャート一位って、こんなにもみんなを幸せにするんだね、とマサに言うと、マサは、神妙な顔で、そして私にしか聞こえない声で、こう言った。

「あゆ、時代を作ろう」

「うん……」

マサと一緒ならできるよ、という言葉は飲み込んだ。

その年は、秒刻みのスケジュールが待っていた。レコーディング、グラビアやミュージックビデオの撮影、テレビ出演、雑誌のインタビューが、メビウスの輪のように巡ってくる。

もう私には、普通の二十歳の女子の生活はできない。友だちと連れだって、買い物をしたり、旅行をしたり、化粧品の話に熱中したり、流行《はや》りのクレープの店に並んだり、恋人を友人に紹介したり。そんなこととは無縁な生活を、犠牲を払っているね、と言う人がいるだろうか。きっと、いるよね。

でも私は、誰も知らない激烈で刺激的で、アドレナリンが常に脳内で吹き上がるような毎日を送ることができる。

マサがそんな時間を私に与えてくれた。私は、だからこそ、こんな状況こそがマサと過ごす時間を増やす方法だと信じていて、その突風のようなメガヒットと尋常ではない忙殺を、心から喜んでいた。

マサは、私の体の一部で、誰も切り離すことなんかできない。

私はそう書いて、また詞を綴った。

誰もが通り過ぎてく 気にも止めない どうしようもない
そんなガラクタを 大切そうに抱えていた
周りは不思議なカオで 少し離れた場所から見てた
それでも笑って言ってくれた〝宝物だ〟と

大きな何かを手に入れながら 失ったものもあったかな

今となってはもうわからないよね
取り戻したところで きっと微妙に違っているハズで…

君がいるなら どんな時も 笑ってるよ
君がいるなら どんな時も 笑ってるよ 泣いているよ 生きているよ
君がいなきゃ何もなかった

自分自身だったか 周りだったか それともただの
時計だったかな 壊れそうになってたものは

ガラクタを守り続ける腕は どんなに痛かったことだろう
何を犠牲にしてきたのだろう
決してキレイな人間《マル》にはなれないけれどね いびつに輝くよ

君が見つけた 広くもない こんな道で

君が見つけた 広くもない 狭くもない こんな道で どうにかして
君がひとり磨きあげた

君がいたから どんな時も 笑ってたよ
君がいたから どんな時も 笑ってたよ 泣いていたよ 生きていたよ
君がいなきゃ何もなかった

第五章　Mとの別れ

一九九九年。

この年の激動の日々を、きらびやかな賞賛を、刻々と押し寄せる孤独を、私は忘れることがない。時間は普通の十倍もの速さで流れていき、勇気を持ってジャンプして、誇りに包まれ、愛する人と喜んで、しかし、私の心と体は手の打ちようがないほどに疲れ切っていった。日本中の人が私の名前と顔を知って、私の歌を歌ってくれたことへの感謝に包まれ、その代償に怯えていた。

運命のように出会い、愛したマサへの想いは、どこまでも大きくなっていった。けれど、そんな愛を、私はそれまで手にしたことがなかったので、最後はどう扱えばいいのか分からなくて、泣いて、叫んで、マサと私自身のためにその愛を手放す以外ないのかも知れない、と思い込もうとした。

毎日、思った。お願い、時間を戻して、あの出会いの瞬間に帰れたなら、私はこれまでとは違う道を辿って、きっとここにはいないから、と。

マサと一緒に過ごすためにだけ力を尽くして、それだけを願って生きていた。そして、あなたの苦しみや孤独をほんの少し癒やす人になりたい、と願った。でも、結局、私はそうできなかった。


マサと私のハネムーンのような日々は、ファーストアルバムの「A Song for ××」がオリコンで一位になって、一分一秒単位でスケジュールが決められても、すぐに消えてしまったわけではなかった。

松浦勝人と濱崎歩でいられる時間をわずかでも作ろうと、マサも努力をしてくれた。家に帰ってきて、熱帯魚の世話をしながら、私の話を聞いて、少しでも私の望みを叶えようとして。私の行きたい場所や欲しい物や食べたい料理をできる限り私にもたらして、できる限り一緒の時間を過ごしてくれた。曲を作り、スタジオに入ってレコーディングして、都内のテレビ局を行き交う私を、寡黙なマサが励ました。

本当は、何も欲しくなかった。マサと一緒にいるだけで幸せだった私は、その時間が少しでも延びるように祈りながら仕事に出掛ける。マサも私の唯一の願いを知っていた、と思う。

「マサと一緒にいられる時だけ、あゆは人間に戻れるよ」

と、話していたから。そして誕生日とその後のクリスマスにもらった指輪を交互にはめて、眺めて、どんなに忙しくても、心を失わないように努めた。


私が大好きだったのは、どこにも出掛けず家にいて、マサと話をすること。

マサは、オールナイトニッポンの、「浜崎あゆみはバカじゃない！」を何度も褒めてくれて、あゆはぁ、と話す子供みたいなあゆと、リスナーの悩みに共感して一緒に泣く強く優しいあゆに、ファンは心を射貫かれたね、凄かった、俺もお前がよく分からなくなったよ、と笑った。

私は、マサの昔の話を聞くことが楽しみで、それを何度もせがんだ。

大学生の頃、ただで音楽を聴きたくて、横浜の港南台にある貸しレコード店で時給四百三十円のアルバイトをしていたマサは、音楽の知識を生かして棚の商品を並べ、競合店を研究し、世界の音楽の潮流を小さなその店に取り入れた。輸入盤の仕入れを任されて、大学と貸しレコード店と家の三ヶ所を往復するだけの生活を送って、その店の売上を二倍にした。貸しレコード店のオーナーとお父さんに一千万円ずつ出してもらって独立して、新しい店舗のオーナーになって、満員電車みたいに混む大ヒット店にして、世界中の音楽が揃う店にした。輸入レコードを扱うエイベックスを設立して、自分たちで音楽も作っちゃえとエイベックストラックスを作った。ユーロビートのコンピレーションCDを売りまくって、ジュリアナのCDを作って、有名プロデューサーとのコラボで日本の音楽シーンを一変させた――。

それは誰も信じられないサクセスストーリーで、私の愛した人は音楽をヒットさせるために生まれてきた天才なんだと、一人で熱狂した。

そんなマサだから、私のCDだって普通のリリースやプロモーションになるはずがない。アーティスト浜崎あゆみのための一滴の水さえ漏らさない戦術を立てて、それを次々に実行に移すマサは、こう話していた。

「あゆが時代に楔《くさび》を打ち込むために、あゆの音楽を耳にしない者がいない世界を作る」

マサは、これくらいでいい、ができない人だ。みんながこれでいい、もう十分だ、と言っても、マサだけは、もっとできる、もっと上を目指そう、と言って、私がデビューしてからは眠る時間を削って私のスレッドでファンと会話までして。私はそんなマサがいたからヒットを出せたのだけれど、でも、プロデューサーとしては鬼だった。

マサは、私と私のCDを売るための手を緩めない。常にメディアに私の顔と名前が溢れるように、誰かに会って、何かの相談をしていた。

マサのフルスロットルのスピードに、指示を受けるエイベックスの社員たちも必死に応えて、テレビやラジオ、雑誌に浜崎あゆみが溢れかえっていった。

私は、私の歌が空気のように流れている街に出る度に不思議な気分に包まれる。浜崎あゆみは私自身だと脚に力を入れた日から数年が経って、この、あゆというアーティストが、本当に自分自身なのかと不安になって、でも、それを求め作り出しているのは愛するマサだから、どんなに怖くても我慢しなくちゃ、と、自分に言い聞かせて。そんな毎日を、メビウスの輪のような時間を、私はただ過ごした。

恐がりな私は、みんなが求める浜崎あゆみから隠れるように、フードや帽子を被り、マスクとサングラスをして、できるだけ人の目にふれないように振る舞うようになった。

　マサは、そんなふうにナイーブになる私を心配しては、

「あゆには笑顔が似合うよ、笑えよ」

と抱きしめながら言った。その胸に顔を埋めながら、私は声に出さずマサに叫んでいた。こんな状況を作り出しているプロデューサーのmax matsuuraから逃れたいよ、お願い助けて、マサ、私を助けて、と。けれど、マサはいくら待っても助けには来ない。私を追い立てる時間から助け出す人は、どこにもいなかった。

　私は、いつしかmax matsuuraとマサの間で立ち尽くすようになる。


　エイベックスの中でも私は最大のプロジェクトで、百万枚を超えるＣＤは新人歌手の夢の挑戦などではなく、音楽の産業だった。マサは、私の楽曲を依頼する大勢の作曲家を自分のハワイの別荘へ招待した。大量のテレビコマーシャルを流したり、例のない破格のタイアップを実現させたりして、マサのもとには、企業やテレビ局、広告代理店の人が引きも切らずに訪ねていて、日本の経済にまで影響を持つ人になっていた。

　この頃のマサは、人が変わったようにいつも緊張していた。すべてが上手くいって

いるように見えるレコーディングやプロモーションにも、マサから見て完璧なものでなければ、憤激しゴミ箱を蹴り上げることがあった。マサを取り巻く空気はどんな瞬間も張り詰めていて、彼と普通に話せるのは私一人だけだった。

マサは、破滅的なペースで仕事をした。そして、身に纏った緊張感から逃れるように信じられない量のお酒を飲むようになっていった。毎晩、アーティストや仕事関係者と飲んで、酔いが醒めぬうちにまた仕事に出掛けていく。アルコール漬けの顔は土気色で、いつもお酒臭かった。

もちろん、これまでも、ヴェルファーレのVIPルームや食事の席でお酒を飲んで酔って騒ぐこともあったけれど、毎晩毎晩、意識を失うほど飲むなんて、どう考えても異常だった。

家に辿り着いても、洋服を着たまま玄関に倒れ込んで動かないマサの靴を脱がし、布団を玄関へ運び、そこへ寝かせて、一人にするのが怖くて私も一緒に玄関で寝た。

翌朝、マネージャーさんが迎えに来る時間になっても、マサは眠ったままで、私は起きているマサに何日も会えないままだった。

会社へ行って、二日酔いで具合の悪そうなマサを見つけて駆け寄り、大丈夫？　と話しかけても、マサはもちろん、何も言わない。大丈夫だよ、仕事が忙しいだけだ、と言って、仕事に戻り、夜になるとまた正体がなくなるまで飲んだ。このままでは死んでしまうと思うほどに。

お酒をやめて欲しい。付き合いで飲むことがあっても、気を失うまで飲むなんて、絶対にやめて欲しい。

私は、仕事をしている間、ずっと、マサがまたお酒を飲んで倒れていることを想像して怖くなった。道で倒れて車に轢《ひ》かれる姿が目に浮かんで、思わず顔を両手で覆うほどに。

もしかしたら、マサは私と付き合っていることを苦しんでいるのかな、私を恋人にしたことを後悔しているのかな。

エイベックスが仕掛ける音楽戦略の中に、私のマサへの想いなど、入り込む隙間はまったくなかった。

やっぱりマサは、私との関係を反対されているのかも知れないな。それを私に言えないのかも知れない……。

そんなことを想像しては、不安になって、大切な人がアルコールの奴隷になっていく姿に怯えていた。私がやめてと言っても、きっと、大丈夫だよ、と答えるだけ。どうにかして、あんなふうにお酒を飲まないようにしなくちゃ……。私はいつもどうすればいいかと考えていて、ある策を思いついて、実行に移した。

「すみませんが、TSUTAYAに寄ってくれますか」

私はマネージャーさんに頼んで恵比寿のTSUTAYAへ立ち寄り、二本のDVDを借りた。その映画は、「リービング・ラスベガス」と「バスケットボール・ダイアリーズ」。この作品は二本とも、アルコール依存症やドラッグ依存症の主人公が身を滅ぼしていくストーリーで、以前、メイと一緒に観た時に、恐ろしさに身をすくめた。ニコラス・ケイジとレオナルド・ディカプリオがアルコール依存症と麻薬中毒になった映画を観て、マサがお酒をやめてくれますように。

私はその二本のDVDをマサの座るソファーに、青い袋に入れたままそっと置いた。帰ってみると、青いDVDの袋は、私が置いたままの場所にあってマサはまったく気が付いていないようだった。

どうか気付いて、観てくれますように……。

一ヶ月近くが経ってもそのままで、私は、こんなささやかなことしかできない自分が悔しかった。

深夜に戻るとマサはいなかったが、TSUTAYAの青い袋が別の場所に置かれていて、その上にマサからの手紙があった。少し怖くて、ゆっくりと手紙を開く。私は電気スタンドの下にぺたんと座って、マサの手紙を読んだ。

《今日、あゆがソファーに置いたDVDを見つけました。袋を開けてタイトルを見て、あゆのメッセージだとすぐに分かりました。ミーティングをキャンセルして、二本とも観ました。心配かけてごめん。俺が思う以上にあゆを心配させていたね。許して欲しい。そして、ありがとう。》

私は、マサの本当の重圧を知らない。エイベックスは、大きくなるための大転換の年を迎えていて、その責任が専務だけにのしかかっている、と会社の人が話していたことを思い出して、私は、その手紙に短い返事を書いた。

《あゆにできることがあったら、何でも言って欲しい。マサのためなら、どんなことでもするから。》

数日後、またマサからの返事があった。

《あゆは、世の中の好みになる必要なんてないんだ。世の中の好みなんて変えてやれ。あゆは、大好きなもの、愛されるものを作り出す存在であって欲しい、この先もずっと。》

私は、マサの手紙をノートに挟み、仕事の合間に何度も見た。そして、マサに恥ずかしくない浜崎あゆみを生きていく、そのことをマサに約束します、と心で話しかけた。

デビュー二年目は、シングルがリリースされるペースが一年目より速くなった。私の書いた詞、つまり私のマサへのラブレターは、もう数え切れないほどになって、マサに手渡す前に、作曲家やアレンジャーに見せることもあった。

私が一番大切にしていた、マサの洋服を選ぶ時間は、もうなくなっていた。これ、マサに似合うなぁ、とセレクトショップで買った洋服を、紙袋に入れたまま、何日も持ち歩き、渡せないまま部屋の隅に置くことも、一回や二回でない。

現在のマサに必要なのは恋人のあゆではなく歌手の浜崎あゆみ、なんだろう。瞼の裏に横浜の公園と静かな海が浮かび、あの場所へ逃げたい、と考えて、慌ててその思いを振り捨てた。

「Boys & Girls」は、max matsuuraと浜崎あゆみ、松浦勝人と濱﨑歩のこと。綴ったのは、二人が疾走する日々の中で交わした会話。夏には旅行へ行こうね、というマサの口約束を信じていた私は、スケジュールを見てがっかりして、でも走り続けるしかなかった。

夏に発売されるこの作品は、その年のうちにミリオンセラーになり、年末には日本レコード大賞優秀作品賞をいただいて、大晦日の『NHK紅白歌合戦』への初出場という御褒美をもたらした。

ta la la...

輝きだした 僕達を誰が止めることなど出来るだろう
はばたきだした 彼達を誰に止める権利があったのだろう

よく口にしている
よく夢に見ている
よく2人語ったりしている
〝シアワセになりたい〟って
もう何度目になるんだろう
一体何が欲しくて
一体何が不満で
一体どこへ向かうのとかって
聞かれても答えなんて

持ち合わせてないけどね

背中押す瞬間に
忘れないでいて
この夏こそはと
交わした約束を

輝きだした 私達ならいつか明日をつかむだろう
はばたきだした 彼女達なら光る明日を見つけるだろう

本当は期待してる
本当は疑ってる
何だって 誰だってそうでしょ
〝イイヒト〟って言われたって
〝ドウデモイイヒト〟みたい

朝焼けが眩しくて
やけに目にしみて
胸が苦しくて
少し戸惑ってた

輝きだした 僕達を誰が止めることなど出来るだろう
はばたきだした 彼達を誰に止める権利があったのだろう

この曲が作った数々の記録のお陰で、マサも、エイベックスの社員さんも、スタッフさんたちも喜ばせることができて、体が震えるほど嬉しかった。

「マサのお陰だね」

「あゆが頑張ったからだよ」

マサに褒められれば、私は歌うことができる、明日からも。そして、また新しい詞が生まれる。

嵐のような時間の中、私は、平成の歌姫、女子高生のアイドル、と呼ばれるようになっていく。マサが作ったポップスターでトップボーカリストの浜崎あゆみは、彼が描いたタイムスケジュールを二倍速、三倍速で進んでいた。

私たちの成功が、二人の幸福のゴールになると信じていた私は、すぐに夢を叶えられる、と有頂天になって、いつかこの嵐が過ぎ去ったら、マサとの静かな生活を送れると、思い込んでいた。

だけど……。何かが変わっていった。あんなにぴったり合っていた私とマサの歩幅が、ほんの少しずつずれていって、気が付くと別々の場所に立っていた。

春から夏を迎える頃には、二人の間の空気は徐々に張り詰め、ぎしぎしと軋《きし》み、心がすれ違っていくのが感じられた。

二人の暮らしは、この頃になると形ばかりのものになっていた。ただ着替えるためだけに家に帰る私は、マサと顔を合わせることもなくなり、マサは仕事に使っていた部屋で寝泊まりすることが増えていった。恵比寿にいたメイが私を訪ねてきて、たびたび留守番をしてくれた。

浜崎あゆみという歌手の人気は、上昇の曲線を描きはじめたばかりで、その到達点を想像もできなかった。そんな存在が、レコード会社の専務の恋人であることが知れたら、一緒に暮らしていることが報じられたら、大騒ぎでは済まないことは、明らかだった。

実際に写真週刊誌の記者が家の周りをうろつくことがあって、マサはそのことに、細心の注意を払っていた、のだと思う。

「あゆ、犬を飼ったよ」

掌に乗るようなトイプードルの写真を私に見せてくれた時にも、その子犬を二人の部屋には連れてこなかった。

「だったら、レコーディングスタジオへ連れてきて見せて」

私は子犬を抱いて、そのまま家に帰ることもあった。

その事件が起こったのは、子犬がやってきた直後、夏を迎える頃だった。私が連れ帰った子犬をマサに届けようと、彼が寝泊まりしているマンションに行ったその時のことだ。

マサが一人でいると思っていた部屋のドアを開けたのは若い女性で、私が中に入ると、盛大な飲み会の真っ最中だった。数人の女の子とスタッフとが、酔って倒れ、女の子にしなだれかかっているマサが見えた。

私がレコーディングをして、ミュージックビデオやジャケットの撮影をして、テレビ出演や雑誌の取材を受けているその時、恋人は、陳腐なパーティーに興じて酔いつぶれていたのだ。

見回すと、飲み会に参加している女の子たちはアイドルのような容姿の子ばかりで、マサが、ヴェルファーレで声をかけ、連れてきたに違いなかった。

私がデビューしてからはヴェルファーレへ入り浸ることがなくなっていたマサが、最近はまたVIPルームで毎日のように酒をあおるように飲んでいる、という噂は聞いていた。そのテーブルには、女の子が何人もいて、マサはその子たちを相手にシャンパンを何本も空け、閉店まで長い時間を過ごしている、と。私は、マサが、死ぬほどお酒を飲んで、私と二人で過ごさない理由があることを認めなければならなかった。マサは、私と一緒にいることに飽きたんだ、きっと。もしかしたら厄介だと思っているのかも知れない。

しばらく立ち尽くした私は、黙ってその部屋を出た。家の前でメイに子犬を託し、タクシーに乗った。そして、誰にも告げぬまま、深夜、以前マサと泊まった横浜のホテルへ向かった。

翌朝になると、私の電話は鳴り続けた。迎えに来たマネージャーさんが、私の不在を知って、あちこち連絡し、見つからないことに慌て、私の電話を鳴らし続けている。

スタッフはパニックになって私を捜し続けているだろう。レコーディングや撮影や取材のスケジュールが入っていることはもちろん分かっていたけれど、私には無理だった。マサが私と一緒にいない理由を知った今、浜崎あゆみでいることは、もうできなかった。

三日目の朝を迎えても、私は部屋から出ず、誰にも連絡を取らず、カーテンも閉めて、水だけを飲んで過ごしていた。

マサからも何度も連絡があった。マサの声が何本も留守番電話に残っている。

その声を聞いて、本当に、ぽきっ、と音がして心が折れた。

やっぱり、私は誰かを幸せにすることができない、そして自分も。世の中が時代の寵児だ、現代のディーバだと仰ぎ見る浜崎あゆみは、恋人に裏切られていることも知らずにいる、愚かな女だった。

どんなに泣いても、涙が涸《か》れることがない。あのＤＶＤに添えられていたメッセージはなんだったの？　マサ、なぜ家を出ていったの。なぜ、その理由を私に告げないの。私はあなたの恋人でなく、ＣＤと同じ商品なの？

間もなく夜が明けて、夏の海は煌めいていた。マサとの思い出が余りにも鮮明で、私は思い出される光景を書かずにはいられなかった。

財布しか入っていない小さなバッグにノートは見つからなかった。ホテルの便箋を取り出して、ボールペンを握る。

恋人達は とても幸せそうに
手をつないで歩いているからね
まるで全てのことが 上手く
いってるかのように 見えるよね
真実《ホントウ》はふたりしか知らない

初めての電話は受話器を

持つ手が震えていた
2回目の電話はルスデンに
メッセージが残っていた
7回目の電話で今から会おうよって
そんなふつうの毎日の中始まった

恋人達は とても幸せそうに
手をつないで歩いているからね
まるで全てのことが 上手く
いってるかのように 見えるよね
真実《ホントウ》はふたりしか知らない

10回目の電話でふたり
遠くへ出かけたよね
手をつないで歩こうとする

私に照れていたよね
それから何度目かの夜を飛びこえて
帰りの車の中でキスをしたよね

白く輝く 雪がとても大好きで
それでも 去年は離れていたよ
今年の冬はふたりして見れるかな
過ごせるかな 言えるかな
言えなかったメリークリスマスを

薬指に光った指輪を一体
何度位はずそうとした？私達

恋人達は とても幸せそうに
手をつないで歩いているからね

まるで全てが そうまるで何もかも
全てのことが 上手くいっている
かのように 見えるよね 真実《ホントウ》の
ところなんて 誰にもわからない

三日目のお昼過ぎにドアがノックされて、私は、メイがここを探し出したことが分かった。ドアを開けるとメイの泣き出しそうな顔が見えた。

「あゆ、良かった、生きていて」

「ごめんね、心配かけて。みんなにも凄い迷惑をかけちゃったね」

浜崎あゆみの二日半の失踪が、事件にならないはずがなかった。

「大丈夫、体調不良で休養取っていることになっているから」

「そっか、そうだよね」

「専務からの電話に出た？　折り返した？」

「ううん、出てない。返信もしてない。だって、なんて話して良いか分からないもん」

地下の駐車場でマネージャーの運転する車に乗り込んだ私は、もう泣かなかった。淡々と告げられたスケジュールに頭を切り換えて、仕事場へ行くことを決めていた。

その数日後、私はマサに会った。マサは、ヴェルファーレ通いも自室での宴会も、会社と新しいプロジェクトのための仕事だと言って、あゆに誤解させた自分が悪い、と謝った。けれど、数日でいいから二人で過ごしたい、と言った私の言葉は遮った。マサは、専務、プロデューサーとしての仕事を休むことは拒絶する。

「当たり前だろ、あゆの楽曲は次々にできて、シングルもアルバムも次々に発売されていくんだよ。日本中のファンが、あゆの歌を待っている」

「もう私を好きじゃないの？」

「何、言ってるんだ。好きに決まってる。あの日から、何も変わっていないよ。でも、浜崎あゆみは、今こそ、翼を持って飛び立たなければならないんだよ。あゆのいる場所は、際限がない大空で、俺の部屋なんかじゃないんだよ。分かるだろう」

「分からないよ！」

頬をころころと転がって落ちる涙を手の甲で拭いながら、私はマサに告げた。

「どんなに忙しくても頑張れるのは、マサがいるからだよ。あゆはマサが望んでいる浜崎あゆみでありたいんだよ。でも、一人では無理だよ。マサが側にいてくれるから、あゆはこんな毎日を駆け抜けていけるんだよ」

マサは泣きじゃくる私の頭と背中を撫でてくれた。

「あゆ、良く聞くんだ。浜崎あゆみというアーティストにとって今が一番大事な時なんだよ。俺はあゆの歌を一人でも多くのファンに届ける責任がある。ファンのためにも会社のためにも、そして何よりあゆ自身のためにも、あゆを俺だけの彼女にしてしまうことなんて、今はできない」

マサは私を両手で包むように抱いて、耳元で言った。

「歌うんだ、あゆ。そして、アーティストとして立派に振る舞え。この瞬間の仕事が、浜崎あゆみを築くんだからな」

泣き止んだ私は、マサの声を遠くに聴きながら、寄り添った二人の心にできた隙間に、呆然としていた。

お台場のテレビ局で収録が終わり、車で移動する私はマサの言葉の真意を探していた。失踪して以来、メイがいつも仕事に付き添ってくれた。きっとマサが頼んだに違いなかったが、私はそれを確認しなかった。

「マサは、立派に仕事をしろ、って言う。もちろん、歌うよ、あゆの歌を待っていてくれる人のために。でも、あゆはマサのために歌いたいの。マサの側にいたいの。どうしてそれがいけないの」

涙声になって、感情が露わになった気がして、私は声を飲み込んだ。メイが私の肩を抱いている。

車の窓を開けて、風を取り込んだ。

「マサは、言い訳をしているんだと思う。他に好きな人ができたか、あゆをもう好きじゃないんだと思う」

私はふいに、クリスマスにマサから贈られた指輪を左の薬指から外して、窓の外に投げた。

「……止めて!!」

メイが叫んで、車が急停止した。

「なあんてことするのよ。あゆの大切な体の一部じゃない」

メイはスライドするドアから飛び降りると、数十メートル駆け戻って、這うようにして縁石沿いに道路をゆっくりと進んだ。しばらくすると、指輪を手のひらに載せたメイが戻ってくる。

「……ごめん、だって、この指輪を見ていると、もっと悲しくなるから」

「それなら外せば良いだけよ。専務の気持ちを捨てるなんて絶対ダメ」

メイが指で摘《つま》んだ指輪を手のひらに受け取った私は、ハンカチに包んでバッグのポケットに入れた。誕生日とクリスマスにマサから貰った指輪を、私がすることはなくなった。


秋が深まっても、マサは部屋に戻ってこなかった。私は、恵比寿のマンションへ戻り、誰も知らない二人の生活は、誰も知らないまま幕を閉じた。

私は悲しくて、寂しくて、時に苛立って、部屋に籠ってスタッフやマネージャーさんを困らせた。

マサはすぐに駆け付けて、恋人ではなくプロデューサーの立場で私をなだめはじめる。

「あゆ、みんなが待っている。しっかり歌うんだ。声のコンディションを整えろ。なんだ、その顔色は。メシ食ってるのか、ちゃんと食べて、ちゃんと休みなさい」

その日の夜は、『ミュージックステーションスーパーライブ』のオンエアがあった。私は生放送で「Boys & Girls」と「appears」を歌いながら泣いた、カメラの前で。

浜崎あゆみが生放送中に泣いた、というニュースはその最中に広がって、たくさんの憶測を呼んだのだけれど、もちろん、誰も本当のことを言い当てられる人はいなかった。

私は、わがままを言っても苛立つことなく、いつも優しく諭すように話すマサが嫌いだった。かまって、叱って、守って欲しい。私はわがままを言ってマサの心を揺さぶった。もう一度この体を抱きしめて欲しかったから。

レコーディングスタジオの隅で、作業するマサの背を見て、気持ちを抑えられなかった私は、二人きりになった刹那、マサの心を傷つけるような言葉を投げかけてしまう。恥ずかしいけれど、自分の心に歯止めがきかない。

「マサがいなくたって、あゆはもう自分でできる。曲を作って、レコーディングもして、ＣＤを完成させるまで自分で仕上げてみせるから」

そんなことを言った自分に驚きながらマサを見ると、マサは頷いていた。歌詞を書き、曲を選び、レコーディングをする。衣装を選び、ヘアメイクを決め、ポーズを取って、撮影にのぞむ。デビュー当時、人形のようにただ立っているだけだった私は、デビューから二年近く経って、自分の意見を持ち、スタッフを指揮することができるようになっていた。

どうしてできるようになったかと言えば、マサに応えたかったから。マサの望む浜崎あゆみを築きたかったから。なのに、マサへの告白は正反対のものになってしまった。

私、なんてバカなの……。

生意気な私に怒る気配もないマサを見て、私の心は震え出した。

「そうか、そうだな、俺はあゆに自分がやってきたこと、全部教えたからな」

マサはうっすら笑っていた。

「あゆの詞は少女たちにとってはバイブルだ。だからこれからも書いていって欲しい。詞だけじゃない、あゆならもう作曲もできるだろう」

褒められているのに、こんなに悲しいのはなぜだろう。

「あゆは何もかも自分でできる。一人で歩いても行ける。俺の手を離れた浜崎あゆみは、ボーダーを越えて、どこまでも大きくなっていくはずだよ」

私は、その言葉を聞いて、スタジオから駆け出した。

なぜ私だけ、こんなにも忙しいの。なぜ歌を歌っているだけなのに、こんなにもたくさんの人が私を見て騒ぐの。マサと一緒にいたいだけなのに、どうしてそれを分かってくれないの。マサがいなければできないことが、こんなにあるのに、なぜ、もう必要ないなんて言うの。

気持ちを鎮めるために、私は青山のマンションへ行って、クローゼットに潜り込んだ。毎日、マサの洋服を選んだその場所へ。そこにはまだマサの服があって、彼の匂いがした。

私の恋が終わってしまう。この人と生きていくのだと信じた、大切なその人を失ってしまう。怖くて、叫び出しそうで、私は腕に顔を押しつけた。

翌日の朝、クローゼットで膝を抱えていると、ドアの方から工事をするような騒音が聞こえてきた。内側から鍵をかけていた私を探し出すために、メイが業者を伴ってやってきて、ドアを壊し、開けていた。

「あゆ、しっかりするのよ」

「メイ、あゆ、怖いよ。だって、マサがあゆの前から消えてしまうから。そうしたらあゆはもう歌うことなんてできない」

メイは私をマンションのすぐ隣にあるホテルの部屋に運び、一日一緒にいてくれた。けれど、感傷に浸って泣けたのはその日だけだった。

膨大なスケジュールが、私を待っている。私はホテルのベッドから立ち上がり、スタジオへ向かった。


マサの匂いのする部屋には帰りたくなくて、私は毎日、ホテルを転々と泊まり歩くようになった。部屋でじっとしていると寂しさが募り、体が震え出すので、ホテルの部屋から出て、誰かが運転する車の後部座席にずっといた。そして、窓をフレームにして流れる景色を眺めながら、その走る車の中で私は詞を書いた、何編も。

新しくしたノートの一ページ目の角、そこに、私は、「絶望」と記した。

私の絶望をここに書いておこう。人生の淵に立った今は、そこから落ちないように足を踏ん張って、耐えるしかない。
　そして、胸の一番深い場所で声に出してこう繰り返した。
「二人で作り上げた〝浜崎あゆみ〟は、マサにも、あゆにも、手に負えないモンスターになってしまったね。でも、このモンスターから、あゆは逃れられないのでしょう。決して逃げてはいけないのでしょ、ねえ、マサ……」

君を咲き誇ろう
美しく花開いた
その後はただ静かに
散って行くから…

気付けば　いつでも
振り向けば君が
笑っていました
ha-ha-haaa-

気付けば　いつしか
君の事ばかり
歌っていました
ha-ha-haaa-

だけどそれは決して
後悔ではなくて
あの日々が
あった証なのでしょう

気付けば　こんなに
遠い所まで
走って来ました
ha-ha-haaa-

だけどそれも決して
後悔ではなくて
あの頃の君が
いたからでしょう

君を咲き誇ろう
美しく花開いた
その後はただ静かに
散って行くから…

君を咲き誇ろう
美しく花開いた
その後はただ静かに
散って行くから…

halahala…

また来ています。二人で訪れた海へ。「自分を取り戻しに行く」とメールを寄越し、ハワイへ飛び立った後は、なんの連絡もないね。一人で聞く波の音に悲しさが募り、また歌詞が生まれました。

新しく 私らしく あなたらしく…

いつかふたりがまだ 恋人と呼び合えた
あの頃訪れた海へ ひとり来てるよ
そしていつからか 忘れてた景色達探しながら
聞こえる波音が 何だか優しくて
泣き出しそうになっているよ

新しく 私らしく あなたらしく 生まれ変わる…

幸せは 口にすればほら 指のすき間
こぼれ落ちてゆく 形ないもの

あなたが〝自分を取り戻しに行く〟と
出かけた想い出の地にも海は広がり
どこかで出会ってつながって流れてる
きっと同じ景色見てる

人は皆通過駅と この恋を呼ぶけれどね
ふたりには始発駅で 終着駅でもあった
uh-lalalai そうだったよね

もうすぐで夏が来るよ あなたなしの…

マサがいない日々が当たり前になっていくことが怖かった。目の前から彼が去る夢を怖がっていた私は、今、彼が一緒にいてくれる夢を見て、起きて、希望を失っている。それでもマサ、私は歌っているよ。浜崎あゆみを生きているよ。

今年もひとつ季節が巡って
思い出はまた遠くなった
曖昧だった夢と現実の
境界線は濃くなった

それでもいつか君に話した
夢に嘘はひとつもなかった
La La-i

今日がとても楽しいと
明日もきっと楽しくて
そんな日々が続いてく

そう思っていたあの頃
繰り返してく毎日に少し
物足りなさを感じながら
不自然な時代のせいだよと
先回りして諦めていた
La La-i

今日がとても悲しくて
明日もしも泣いていても
そんな日々もあったねと
笑える日が来るだろう

幾度巡り巡りゆく

限りある季節《とき》の中に
僕らは今生きていて
そして何を見つけるだろう

ミレニアムを迎えようとする多忙な日々を、私は駆け抜けていた。歌手としての最高のスタートに立ちながら、私は夢に破れた敗者だった。

「絶望の先に、何があるのかな。あゆは一人で、歩いていけるのかな」

自分に問いかけても、答えがないまま時間だけが過ぎていく。


「Fly high」のレコーディングが終わった頃、マサから電話があった。清々しいほどに淡々として。

「あゆ、分かっていると思うけど、俺たちはもう前とは違うよね。この一年で何もかもが変わってしまった。あゆは、俺がいなくても楽曲やアルバムすら自分で出すことができる。あゆには、max matsuura はもう必要ないんだよ。あゆは、俺の手を離れて、このまま一人でこの世界の頂点へ駆け上がるんだ」

そして彼はこう続けた。

「俺さ、経営や新人発掘、プロモーションから離れて、音楽制作だけに専念することにしたよ。ハワイに住んで向こうのスタジオで楽曲を作るよ」

ついに訪れた別離の言葉に、私は、なぜかたじろがなかった。マサには「そう、行ってらっしゃい」とだけ言って、電話を切った。そして、その日の夜から涙が涸れるまで泣いた。その慟哭《どうこく》は、マサが私の人生から消えてしまったことへの悲しみだけが理由ではなかった。

私は知っていた。マサのように愛する人が、二度と現れないことを。

マサが私の前から去って、ハワイへ行ってから、私の腕時計は彼の暮らすハワイ時間になった。一日に何度も時計を見て、その人の姿を思い描き、電話をしようと思ってはその手を止めた。携帯電話のアドレス帳にMと登録した電話番号が、鳴ることもなかった。

慟哭の日々を越えてマサへの想いはなお募っていった。けれど、別れる前とは少し違っていた。

マサと二人で、この世界へ送り出した浜崎あゆみというアーティストを背負い、生きていく。彼のもとへ逃げていきたい、と弱い心が兆す度に、自分にしかできない覚悟を呼び覚ました。

私はマサに語りかける、どんな時にも、顔を上げて。

「マサ、寂しがり屋でわがままな少女は、ほんの少し大人になったよ。そして、今日も、マイクを手にしている。そして、歌っている。この声が、あなたに届くと信じて……」

私は、マサへの永遠に変わらない愛を、その尊敬を、歌うための言葉に変えていた。

‘MARIA’愛すべき人がいて
キズを負った全ての者達…
周りを見渡せば

誰もが慌ただしく
どこか足早に通り過ぎ

今年も気が付けば
こんなにすぐそばまで
冬の気配が訪れてた

今日もきっとこの街のどこかで
出会って 目が合ったふたり
激しく幕が開けてく

それでも全てには
必ずいつの日にか
終わりがやって来るものだから

今日もまたこの街のどこかで
別れの道 選ぶふたり
静かに幕を下ろした

'MARIA' 愛すべき人がいて
時に 強い孤独を感じ
だけど 愛すべきあの人に
結局何もかも満たされる

'MARIA' 愛すべき人がいて
時に 深く深いキズを負い
だけど 愛すべきあの人に
結局何もかも癒されてる

'MARIA' 誰も皆泣いている

　だけど信じていたい
　だから祈っているよ
これが最後の恋であるように
理由なく始まりは訪れ
終わりはいつだって理由をもつ…

終章　Mとの……

平成から令和へ。

時代を駆け抜けるライブツアー「ayumi hamasaki LIVE TOUR－TROUBLE－2018-2019」。初日、私は、ホール21の楽屋でヘアメイクを終え、オープニングの衣装に着替えて、その人の到着を待っていた。

ゴールドのコルセット・ビスチェと赤と青のチェックのプリーツスカートを鏡に映しながら、時計を見て、約束した時間にドアの外の気配をうかがった。

白いフード付きのトレーナーを着たその人が、ゆっくりとドアを開けて、覗き込みながら、言った。

「来たよ」

「うん、ありがとう」

それまで談笑していたスタッフは、立ち上がり、部屋に足を踏み入れたその人に一礼して、表情を固くする。私もまた、その人の来訪で、オープニングの時間が迫っていることを確認し、胸骨を広げ背筋を伸ばして、深く息を吸い込んだ。

今は、エイベックス代表取締役会長ＣＥＯになったその人は、二十年前と変わらず言葉少なに、楽屋を見回し、私を見て、聞いた。

「どう？」

「大丈夫。準備は万全。ダンサーとコーラスのみんなも、最高」

「頑張ったな」

その声に、頭を優しく撫でられたような嬉しさに包まれる。

「うん、ここから、もっと頑張るよ」

アメリカから一人で戻ってきた日に、これからも変わらず歌えよ、と言ってくれたマサに応えることがミッションだと、走り続けた日々の記憶の断片は、万華鏡の模様のように、私の体の中で鮮やかに輝き続けている。

ありがとう、マサ。

喉の奥で呟いて泣きそうになる。そんな自分を激励するために笑うと、頬が少し熱くなった。恋をしていた頃を少し思い出し、遠い過去だけれど、そこから今日まで、途切れることなくつながっていた時間にも感謝する。

再会したあの日から、私の魂は、歌うために震えている。私の歌を待ってくれている誰かのために熱を放っている。

ステージに立ち、客席から沸き起こる声を全身に纏うと、私は目には見えない翼を与えられる。そして、いくつになっても歌っていたいよ、と再会したマサに誓った思いが、私の翼に力を授けている。

今が一番、幸せだと思う。毎朝、そう思う。

そして、間もなく、私が私であり続けるために、金色の矢のような眩い光の束に照らされた舞台に立つのだ。

私の幸福を、私と同じ心で知っているマサは、スタッフが退出した瞬間、開幕までの時間を確認するように時計を見て、もう一度、私に視線を向けると、こう言った。

「あゆ。ずっと言えなかったことがあるんだ。俺がこの世界で、これまでやってこられたのは、あゆが、別れた後も、自分のアルバムのすべてにProduce／max matsuuraとクレジットしてくれたからだよ。そのお陰で、今の俺がある」

ふいに、そんな告白を受けた私は、夢が叶った、と飛び上がりたい気持ちだった。まだ少女と呼べる頃、どんな小さなことでも良いから、この人のためにできることをしたい、役に立ちたい、と願っていたから。

「そんなこと……」

私は、わざとぶっきらぼうに言った。そして、彼の目を見て頷いた。

「じゃあ、また後で」

客席に向かおうとしたマサの背中に手を伸ばすように、私は声をかけた。

「ねぇ、マサ、一緒に写真を撮ろうよ」

私とマサは、楽屋の通路に出てスタッフが構えたｉＰｈｏｎｅの前に並んだ。

「今日は、壁ドンだ」

突然、壁に手をついてカメラに背を向けるマサ。照れて目を細める笑い方は、あの頃と変わらない。

「二階の最後列で観てるよ」

「うん」

大きく翼を広げ、力強く羽ばたく瞬間が、近づいている。

十六年の時を経て再びマサは私に寄り添ってくれた。そして限界知らずの厳しさで、私にもスタッフにもいくつもの言いつけをするようになった。同時に、できる限り浜崎あゆみというアーティストの願いも聞き入れてくれた。

二年二ヶ月ぶりのアルバム「TROUBLE」のDVD＋CDのジャケット写真で私を抱きかかえるモデル役を頼むと、誰か他にいないのか、まったくしょうがねぇな、と舌打ちしながら引き受けてくれた。マサは、浜崎あゆみのこの先の航海の羅針盤をともに見る人で、そのことが私を無条件に安心させている。

今日のライブを観て、私の歌を聴いて、なんと言うだろう。

舞台袖で、ダンサーとコーラスのみんなと円陣を組みながら、私は感慨に耽る。マサが私を見つめている、そんな時間が戻ってきたのだ、と。

私たちは、私たちの間に横たわった巨大な空白の時間を、少しずつ埋めることができる。同じ形や手触りや匂い、その感じ方は、故郷を同じくする幼なじみのように、あなたと共有することができる。

人生に魔法なんてないことを、マサも私もいっぱい経験して、この場所に立っている。左耳の聴力を失い、ともに生きていこうと願った人と別れ、ヒットメーカーであることの幸運を知っている私は、無傷ではない。むしろ、転んで傷だらけになった脛《すね》や膝小僧を隠さないで生きている。考えてみれば、そんなふうに正直になれたのは、マサがいたから。

あなたも私と同じように、そう思ってくれたなら、嬉しいのだけれど。


激しいビートとともにステージにライトが当たり、光の中に進み出る。歓声とピンクのLEDのライトを全身に浴びると、鼓動の速さが倍になる。

私は、そこで、歌わなかった人生などあり得なかったと確信する。歌がなければ、二十年目の今日を知らないまま生きることになっていた、と背筋が寒くなる。

遠くから、けれど確かに、静かなマサの視線を私は感じている。

あなたがどこにいても、長い時間会えなくても、もう寂しくはない。

浜崎あゆみのいる場所は大空にある。そう言ってくれたあなたへの感謝を胸に、私は歌い続ける。

今日の、このステージでも、その次のステージでも。

事実に基づくフィクション——。読み終えて下さった皆さんは今、一体どの部分がリアルでどの部分をファンタジーだと感じているんだろう。もちろん答え合わせなどするつもりは無いし、真実は当人達だけが解っていれば良い事だと思っている。ただ、もしも誰かに「今回の人生で一生に一度きりだと思えるほどの大恋愛をしましたか？」と問われたなら私は何の迷いもなくこう答えるだろう。

「はい。自分の身を滅ぼすほど、ひとりの男性を愛しました。」と。

浜崎あゆみ

この作品は二〇一九年七月小社より刊行されたものです。

幻冬舎文庫

●最新刊
読書という荒野
見城　徹

正確な言葉がなければ、深い思考はできない。深い思考がなければ、人生は動かない。人は、自分の言葉を獲得することで、初めて自分の人生を生きられる。出版界の革命児が放つ、究極の読書論。

●最新刊
幸福の一部である不幸を抱いて
小手鞠るい

好きになった人に〝たまたま奥さんがいた〟だけの杏子とみずき。二人はとても幸せだった。一通のメール、一夜の情事が彼女たちを狂わせるまでは。恋愛小説家が描く不倫の幸福、そして不幸。

●最新刊
酒の渚
さだまさし

震災から再興したばかりの蔵から届いた〈灘一〉。山本直純さんが豪快にふるまった〈マグナム・レミー〉。永六輔さんの忘れられない誕生会……。名酒と粋人たちとの思い出を綴る、名エッセイ。

●最新刊
わたしたちは銀のフォークと薬を手にして
島本理生

江の島の生しらす、御堂筋のホルモン、自宅での蟹鍋……。OLの知世と年上の椎名さんは、美味しいものを一緒に食べるだけの関係だったが、ある日、彼が抱える秘密を打ち明けられて……。

●最新刊
紅い砂
高嶋哲夫

腐敗した中米の小国コルドバの再建へ米国が秘密裏に動き出す。指揮を取る元米国陸軍大尉ジャディスは、降りかかる試練を乗り越えることができるのか。ノンストップ・エンターテインメント！

幻冬舎文庫

●最新刊
泣くな研修医
中山祐次郎

雨野隆治は25歳、研修医。初めての当直、初めての手術、初めてのお看取り。自分の無力さに打ちのめされながら、懸命に命と向き合う姿を、現役外科医が圧倒的なリアリティで描く感動のドラマ。

●最新刊
逃げるな新人外科医
泣くな研修医2
中山祐次郎

「俺、こんなに下手なのにメスを握っている。命を託されている」——重圧につぶされそうになりながら、ガムシャラに命と向き合う新人外科医の成長を、現役外科医がリアルに描くシリーズ第二弾。

●最新刊
ぼくときみの半径にだけ届く魔法
七月隆文

若手カメラマンの仁は、難病で家から出られない少女・陽を偶然撮影する。「外の写真を撮ってきて頂けませんか?」という陽の依頼を受けた仁。運命の出会いが、ふたりの人生を変えてゆく。

●最新刊
捌き屋　伸るか反るか
浜田文人

鶴谷康の新たな捌きは大阪夢洲の開発事業を巡るトラブル処理。万博会場に決まり、カジノ誘致も噂される夢洲は宝の山。いつしか鶴谷も苛烈な利権争いに巻き込まれていた……。白熱の最新刊!

●最新刊
たゆたえども沈まず
原田マハ

19世紀後半、パリ。画商・林忠正は助手の重吉と共に浮世絵を売り込んでいた。野心溢れる彼らの前に現れたのは日本に憧れるゴッホと、弟のテオ。その奇跡の出会いが〝世界を変える一枚〟を生んだ。

M　愛《あい》すべき人《ひと》がいて

小《こ》松《まつ》成《なる》美《み》

令和2年4月15日　初版発行

発行人——石原正康
編集人——高部真人
発行所——株式会社幻冬舎
〒151-0051東京都渋谷区千駄ヶ谷4-9-7
電話　03(5411)6222(営業)
　　　03(5411)6211(編集)
振替00120-8-767643
印刷・製本—中央精版印刷株式会社
装丁者——高橋雅之

幻冬舎文庫

ISBN978-4-344-42981-9　C0193　こ-9-7

幻冬舎ホームページアドレス　https://www.gentosha.co.jp/
この本に関するご意見・ご感想をメールでお寄せいただく場合は、
comment@gentosha.co.jpまで。